FABRICE SANTORO
Avec la collaboration d'Hélène Mathieu

À DEUX MAINS

hachette
LITTÉRATURES

Ouvrage publié sous la direction de José Carlin Perez

ISBN : 978-2-01-237833-9

À Djénaé

PRÉFACE

par Marcel Santoro

Durant tes années de carrière, j'ai versé ma première larme en te voyant partir pour un tournoi en Israël, tu avais neuf ans. La dernière, c'était en mai 2009, lors de l'hommage qui t'a été rendu sur le court central de Roland-Garros. Entre ces deux moments, combien de joies, combien de peines !

Je n'ai jamais douté que tu serais un excellent joueur de tennis. Petit, ce que tu faisais le mieux, c'était de mettre la balle là où il n'y avait personne. Tu te souviens qu'on t'avait surnommé « amorti-lob » ? À ce petit jeu, de l'amorti suivi du lob, tu gagnais tous les matchs. Tu n'avais peur de rien, ni de personne. Quand tu es devenu professionnel, tu as commencé logiquement à perdre plus souvent. Il a fallu alors compter les points à gagner pour obtenir un meilleur classement. Nous avons connu la pression et perdu l'insouciance. Combien de mauvaises nuits passées après une défaite pour un coup mal joué ! Dans ce métier, on ne profite jamais longtemps de la joie des victoires. Le jour suivant peut être un échec qui apporte la peine. Ce sport est cruel. La descente dans le classement est une descente aux enfers. Père de joueur, c'est une vie entière de stress. Surtout lorsque son fils a une sensibilité à fleur de peau. L'année qui a suivi ton traumatisme de la première coupe Davis, quand Yannick Noah ne t'a pas sélectionné pour la finale, tu n'as plus gagné un match. Puis le plaisir est revenu quand tu es remonté dans le classement pour te retrouver parmi les meilleurs.

J'ai eu beaucoup de bonheur à t'entraîner et à te voir progresser. Mais je suis sûr que tu aurais pu atteindre un meilleur niveau si je n'avais pas été ton père. L'entraîneur aurait pu t'imposer ce que le père n'a pas osé faire, par peur du conflit. J'aurais aimé changer ton coup droit slicé, et améliorer ton service en dents de scie, mais tu as un caractère de champion, tu es têtu ! Après une défaite, je te disais souvent que nous n'avions pas vu le même match. Après une victoire, nous étions toujours d'accord !

Je vis la fin de ta carrière avec soulagement. Mon pouls a battu trop fort en regardant tes matchs, pendant trop d'années. J'ai atteint l'âge de me reposer. J'ai joué mon rôle, j'ai été un père qui t'a laissé faire tes choix. Toi, tu as été un fils presque parfait.

M.S.

12 novembre 2009. Palais omnisports de Bercy. La balle jaune effleure le filet, hésite quelques dixièmes de seconde et retombe du mauvais côté. Jeu, set et match. Fin de partie, fin de carrière. Une raquette tournoie dans les airs, le grondement du public enfle, je cherche des yeux ma fille Djénaé. Elle est debout dans les tribunes, partageant avec son papa l'intensité de ce moment. Je ne retiens pas mes larmes. Derniers moments de mon dernier tournoi ? Aujourd'hui, alors que j'écris ce livre, et qu'il me reste encore trois mois avant de ranger mon sac, je les imagine ainsi. À l'image de ma fille se superpose celle d'un petit garçon de six ans et demi qui inaugure sa première raquette. C'était à Toulon en mai 1979 et je frappe la balle de toutes mes forces contre un mur. Accrocheur déjà, tenace et concentré. À chaque coup je cherche à réduire la zone d'impact. Quand le soir tombe,

j'attends déjà avec impatience le mercredi suivant pour recommencer, encore et encore.

Ce petit bonhomme ne sait pas qu'un jour le tennis sera son métier, mais il vient de faire une découverte, le plaisir de jouer. Une sensation qui ne le quittera jamais. Vingt ans de plaisir qui m'ont fait supporter les heures d'entraînement, les séparations avec les amis, la famille, les tours du monde en avion, la vie en pointillé, vingt ans de plaisir qui expliquent aussi ma longévité sur le circuit. Si je n'avais pas été heureux à chaque match, j'aurais arrêté bien avant, comme beaucoup de mes camarades de jeu.

J'ai tout donné au tennis, mais j'ai beaucoup reçu. J'ai fait mienne cette phrase souvent entendue à New York, une phrase de la rue : *If you want to go high, you have to pay the price, man* (« Eh mec, si tu veux monter tout en haut, tu dois en payer le prix »).

Je n'étais pas le plus grand ni le plus musclé, mais j'étais peut-être le plus opiniâtre, cherchant match après match comment déstabiliser des adversaires beaucoup plus forts physiquement.

Quand ma décision a été prise de jouer ma dernière balle à Bercy, après une année d'adieux comme la dernière tournée d'un artiste, où les cérémonies d'hommage se sont succédé notamment sur les terrains de Melbourne et de Roland-Garros, j'ai décidé d'écrire ce livre.

À cause de mon jeu particulier et grâce à ma longévité, j'ai conscience d'avoir, d'une certaine façon, marqué mon sport. Alors j'ai eu le désir d'apporter aux enfants des écoles de tennis des réponses aux questions que je me posais à leur âge : chacun peut-il devenir champion ? Quelles sont les qualités pour réussir ? Pourquoi, à talent égal, l'un y parvient et l'autre pas ? La première réponse est simple : celui qui y parvient l'a plus désiré que l'autre. Beaucoup plus.

À trente-six ans, j'ai l'âge de partager mon expérience, et l'envie de montrer ce qu'on ne voit pas des gradins ni de l'autre côté de l'écran de télévision : la vie d'un homme avec ses joies et ses drames, ses amours et ses déceptions, la vie d'un sportif avec ses doutes et ses espoirs, ses erreurs et ses victoires. Ouvrir la porte des coulisses des tournois pour en montrer les grandeurs et les petitesses, évoquer mes plus belles rencontres et certaines autres décevantes.

Je veux offrir à mon tour à tous les inconnus qui m'ont suivi sur les tribunes du monde un peu de ce qu'ils m'ont donné. Vous remercier, vous tous dont je captais brièvement les regards et dont j'entendais les encouragements entre les échanges, pour l'énergie que vous m'avez donnée. Pour gagner j'avais décidé à tort ou à raison de me protéger des autres, du monde extérieur, aujourd'hui je me rapproche de vous et par ce livre je vous salue.

Je veux surtout te raconter, Djénaé, comment vivait ton papa lors de ces absences qui te pesaient, te faire connaître mon métier et comprendre le plaisir que je ressentais pour que tu saches qu'avoir une passion est une chance dans la vie. Je te souhaite d'en connaître une à ton tour dans un domaine où tu pourras t'épanouir. Ne renonce jamais et, surtout, ne redoute pas l'échec. Ose et crée, sans avoir peur. Dans l'échec, tu verras, on gagne plus qu'on ne perd. S'être trompé est le seul point commun entre tous les gens qui ont réussi.

1.

SOUVENIRS

Ma première raquette

La première raquette que j'ai soulevée était une raquette d'adulte. Je l'ai prise à deux mains. Mon père entraînait des petits gamins en dehors de son travail, par plaisir, par goût du jeu et de la transmission. Il n'a jamais été un joueur pro, mais un super éducateur de tennis pour enfants. Malgré cela, j'avais choisi le football, attiré par le désir de marquer des buts. Après trois mercredis, lassé par des entraînements que je considérais trop techniques, je quitte le stade en pleurant pour rejoindre mon papa à quelques centaines de mètres de là. J'attends qu'il termine sa séance, sur deux courts au bord de l'autoroute qui relie La Seyne-sur-Mer à Toulon. Au milieu d'une dizaine de raquettes étalées par terre, mon choix s'arrête sur la plus grande et la plus lourde. Je n'hésite pas, je la soulève avec mes deux mains, et je lance une balle contre un mur. J'ai tout juste six ans et demi. Ce jour-là, si un entraîneur m'avait conseillé une raquette adaptée à mon âge, je ne serais certainement pas devenu ce joueur atypique. Depuis, j'ai toujours eu des raquettes à ma taille et d'un poids correspondant à mon gabarit… mais j'ai continué à les tenir à deux mains. Il y a des premiers gestes inconscients d'enfant que vous conservez toute votre vie et qui deviennent votre marque.

Mes parents ne m'ont jamais poussé à devenir un champion de tennis, mais ils ont accompagné ma passion. Technicien à l'arsenal de Toulon, mon père a joué au tennis comme amateur, classé 15/2. Ma mère jouait de manière occasionnelle consacrant sa vie à ses enfants. Ma sœur, Sabine, mon aînée de trois ans, a commencé la compétition en même temps que moi. Nos parents devaient se répartir les enfants chaque week-end pour accompagner l'un et l'autre dans leurs tournois régionaux. Je garde en mémoire l'image précise d'un week-end où ma sœur jouait dans une ville, moi dans une autre et nous nous sommes fait coucou par la vitre de la voiture en nous croisant sur l'autoroute…

Elle a été une bonne joueuse, demi-finaliste des championnats de France des moins de seize ans, puis a choisi une autre voie et trouvé son bonheur en enseignant le tennis.

Après avoir pris mes premiers cours au club de l'USAM Toulon, j'ai commencé à jouer dans des petits tournois. Et chaque fois je gagnais. Avec un plaisir de gosse. À neuf ans, je trouvais normal de gagner contre un homme de trente-cinq ans, venu se faire soutenir par sa femme et ses enfants. Haut comme trois pommes, je le ridiculisais en toute innocence. Dans ma catégorie d'âge personne ne me battait. Ce jeu où l'on gagne à tous les coups m'amusait beaucoup mais je n'imaginais pas en faire mon métier.

L'enfant doué

Il est difficile pour moi de savoir ce qui m'a distingué tout jeune des autres joueurs. Pourquoi ai-je eu cette belle et longue carrière, alors qu'aucun de ceux qui étaient avec moi à Toulon en sport études, ou plus tard à l'INSEP, n'a percé ? Lorsque j'y réfléchis, si j'essaie de retrouver les premières sensations que j'ai eues sur un terrain, c'est mon adresse et mon goût du jeu qui me viennent d'abord à l'esprit. J'avais une adresse naturelle que je m'amusais sans arrêt à perfectionner. Je centrais la balle sans effort, d'un geste parfaitement inné. Lorsque Maman venait me chercher à mes entraînements de gamin, je lui demandais : « Lève la main », et je centrais la balle au milieu de sa paume. J'étais fou des jeux d'adresse, je pouvais rattraper des balles pendant des heures et, s'il y en avait une qui traînait sur le terrain, il fallait que j'arrive à poser la mienne juste dessus.

C'est pour cette raison que j'adore utiliser l'amorti et le lob qui sont deux coups d'adresse. Je continue à m'amuser et à exercer mon œil. Je ne m'en lasse jamais. Mes entraîneurs m'ont souvent dit, tout au long de ma carrière, que j'avais un œil très sûr. Quand j'ai demandé à Emmanuel Planque ce que j'avais de plus que les autres, il m'a répondu : « Tu as le meilleur œil du tennis. » Il exagère parce qu'il m'aime bien, mais c'est vrai que, tout petit, je devinais très vite, plus vite que les autres, où allait retomber la balle. Aujourd'hui, je connais sa trajectoire dès qu'elle quitte la raquette de mon adversaire. Je capte très vite les informations importantes : prise de raquette, position de ses pieds, angle des épaules. Tous ces éléments se mettent en ordre dans mon cerveau comme dans un ordinateur et me donnent un petit temps d'avance pour me positionner, anticiper. C'est un sacré avantage lorsque, comme moi, on n'a pas beaucoup de puissance.

Mais je suis persuadé que malgré cette adresse naturelle et cette vitesse de compréhension du jeu, si je n'avais pas eu le désir de progresser, l'envie de réussir, une réelle capacité de concentration et une grande force de travail, je n'aurais pas fait la même carrière. Avoir envie de réussir plus que les autres est une forme de talent. Le don inné permet de gravir les premières marches, pas les dernières. Pour monter plus haut il faut accepter les contraintes de l'entraînement. Certains joueurs réussissent sans talent, aucun ne réussit sans un travail acharné. Avoir des facilités au départ met sur les rails et donne envie de poursuivre. Le gamin besogneux qui passe à côté de la balle aura moins envie de continuer que le jeune « matcheur » doué.

Quand mon père a vu le plaisir que je prenais à jouer, il m'a inscrit au club de l'USAM de Toulon, et comme je n'en avais jamais assez, il m'a donné un cours supplémentaire une fois par semaine. J'ai gagné le premier tournoi auquel j'ai participé, alors que je n'avais pratiquement pas encore pris de cours. Je servais « à la cuillère », en tenant ma raquette par en bas. Pendant deux ans, j'ai gagné tous les tournois, face à des enfants qui avaient un ou deux ans de tennis de plus que moi. J'ai toujours gardé ma première coupe gagnée au tournoi de Toulon, le TC Littoral, à huit ans et demi. J'avais déjà cet esprit « matcheur » que j'ai gardé. On ne m'avait pas encore surnommé « Batling Fab » mais je me battais jusqu'au bout de mes forces pour gagner. Chercher à comprendre le jeu pour progresser était déjà une obsession.

Mes parents, les entraîneurs ou les directeurs de club que nous croisions sur les tournois étaient assez épatés par ce gamin rondouillard, accrocheur, au style bizarre, qui tenait sa raquette à deux mains, et battait tous les autres. Moi je n'étais pas conscient d'être doué. Je m'amusais. Pourtant, lorsque je regarde ma pyramide de classements aujourd'hui, je reconnais que mon parcours est assez exceptionnel*. À neuf ans et demi j'étais 15/4 et à quinze ans et demi numéro 29 français. J'ai été champion de France à huit ans et demi en 1981, puis en 1982, 1984 et 1986.

Apprenti pro

À douze ans, j'ai été contacté par la Fédération française de tennis pour rejoindre la section sports études de Nice. J'avais continué à jouer au football de manière occasionnelle et dans le même temps le meilleur club de foot de la région m'a aussi proposé d'intégrer le sports études de Toulon. Premier choix de vie : j'ai décidé de poursuivre mon parcours dans le tennis et d'abandonner le foot. J'ai donc quitté le cocon familial pour m'installer à Nice. J'ai connu le déracinement et la dure vie de pensionnaire. Douze par dortoir, les petits mélangés avec des grands de dix-huit ou dix-neuf ans, le manque terrible de mes parents. À douze ans on est encore un enfant qui a besoin pour se construire, pour être heureux, de la tendresse de ses parents. Il vaut mieux perdre quelques mois d'entraînement et gagner en stabilité affective, pour être capable d'affronter ensuite

* Voir le Palmarès en page 229.

« l'univers impitoyable » du haut niveau. Les entraînements peuvent toujours se rattraper, le manque affectif, à cet âge-là, est irrattrapable. J'ai passé une année horrible. Mes entraîneurs, Jacques et Patrice, n'en étaient pas responsables. Avec deux entraînements par jour je progressais sur le terrain, mais j'étais tellement malheureux que je ne pouvais pas être performant en match. J'ai connu mes premières défaites, mes premières larmes d'incompréhension et aussi mon premier bouton d'herpès !

Cette expérience douloureuse a duré un an. Mes parents ont abrégé mes souffrances, ils m'ont fait revenir à la maison, à Toulon, chez moi, enfin. Mon père m'a alors entraîné. À quatorze ans, la fédération me propose d'intégrer l'INSEP à Paris. Deuxième décision : j'accepte de tenter à nouveau l'expérience de l'internat, plus mûr de deux ans. L'entente parfaite avec Sébastien Hette, mon ami et rival de l'époque avec qui je partageais ma chambre, a rendu mon quotidien très agréable. J'ai cette fois-ci beaucoup apprécié ces deux années passées en bordure du bois de Vincennes, entouré des meilleurs sportifs de l'Hexagone, avec qui je comparais mon expérience.

J'ai seize ans lorsque je dois prendre la troisième décision de ma vie d'apprenti pro. Mon père et mon entraîneur improvisent une réunion au sommet, en haut d'un escalier de Roland-Garros. J'ai le niveau pour me lancer sur le circuit, et déjà près de mille matchs derrière moi depuis mes six ans ! Est-ce que je veux consacrer ma vie au tennis ? Je sens l'importance de cet instant, je sais que je n'oublierai jamais ce moment où ma vie peut basculer. Mais que répondre ? Je vais entrer en classe de seconde. Devenir pro signifie arrêter mes études, ne jamais passer mon bac, ne pas vivre une adolescence normale en sortant avec les copains, consacrer ma vie à un sport aléatoire. Suis-je prêt à quitter le monde de l'enfance pour plonger dans le grand bain des adultes ? Et si j'ai un pépin de santé demain, si je n'ai pas les résultats escomptés ? Si je deviens un joueur médiocre ? Il y en a des centaines qui n'arrivent pas à vivre de leur sport. De l'autre côté de la balance pèsent le plaisir du jeu que je ressens à chaque instant depuis dix ans, les sensations exaltantes que rien n'égale. Comment résister à la proposition de connaître ces moments-là, non plus seulement pour mon loisir, mais professionnellement, pour en faire mon métier ?

Je demande, comme toujours, l'aide de mon père. Je le supplie par le regard de m'aider à décider. Je me sens si jeune. Il me donne un seul conseil : « Il n'y a que toi qui peux connaître ton désir, mais quoi que tu décides, fais-le à fond. »

J'ai accepté de tout lâcher pour devenir pro et j'ai souvent repensé à cette phrase de mon père. Je n'ai pas toujours été bon, mais je me suis toujours donné à fond.

Je passe alors d'un milieu dorloté à la pression du monde pro. On est là avant tout pour progresser et corriger ses défauts. Je pensais naïvement que devenir joueur de tennis professionnel, c'était enchaîner des matchs, de la même façon que petit je croyais que jouer au foot c'était marquer des buts. Mais « matcher » ne prend qu'une infime partie de mon temps. Il y a d'abord l'entraînement. Chaque jour, inlassablement, les mêmes gestes sont travaillés et retravaillés. Avant de devenir un joueur de haut niveau, il faut devenir un athlète et pratiquer la musculation. Je découvre la douleur physique, les séances où l'on crache ses poumons de souffrance, où les muscles demandent grâce. Les heures de footing me font toucher du doigt ce que je savais déjà inconsciemment : je n'ai jamais voulu être champion d'athlétisme !

Il y a ensuite les voyages. Cette vie de sportif de haut niveau, qui fait rêver tant de jeunes dans les petits clubs, nous balade d'un aéroport à un autre, d'une chambre d'hôtel à une autre, huit mois par an, avec chaque fois la séparation avec les proches, la petite amie du moment surtout... Je quittais mes repères en permanence. Et moi j'ai besoin de mes repères, ils m'apportent mon équilibre. Sans eux je suis en bascule.

Combien de fois suis-je entré dans une nouvelle chambre d'hôtel avec un gros coup de blues et le désir fou de rentrer chez moi dans l'heure qui suivait ? Toute cette vie hors du court me convient mal. Trop sensible, trop fragile peut-être. Mais dès que j'entre sur le terrain je redeviens un battant, sûr d'avoir fait le bon choix de vie. La joie de jouer, d'être applaudi, me fait oublier tout le reste, tous ces sacrifices.

J'aurai vécu en permanence, pendant plus de vingt ans de carrière, ce déséquilibre. Les entraînements m'ont toujours semblé fastidieux et les départs douloureux. Encore plus peut-être depuis que je laisse ma fille pour partir en tournoi au bout du monde. Il m'est même arrivé de tricher, je peux l'avouer aujourd'hui, en me faisant établir un certificat médical pour ne pas rejoindre un tournoi auquel je m'étais inscrit, malade, oui, à l'idée de quitter ma fille une fois encore.

Mais le plaisir que je ressens lorsque je pose le pied sur le terrain, lorsque je frappe la première balle de la partie, reste intact. J'aurai vibré jusqu'à la fin, autant que lors de mes premières compétitions de gamin. J'ai joué mon premier Roland-Garros chez les pros à seize ans. Cette année, en 2009, à trente-six ans, j'ai joué le dernier. Pendant ces vingt ans, mon carburant a toujours été le plaisir.

Le coût d'une passion

Pour m'encourager à bien travailler à l'école, mes parents me promettaient, au choix, un ticket pour prendre la navette fluviale entre La Seyne et Toulon (un trajet d'au moins dix minutes !), ou un dîner à la cafétéria du supermarché à côté de la maison. Nous ne faisions jamais ni l'un ni l'autre. Vers dix ou onze ans, j'ai enfin gagné ma récompense et j'ai choisi la cafétéria. Pousser un plateau à la cafétéria était un rêve d'enfant. J'ai pris le plat le plus cher, du saumon fumé. Ma maman a serré les dents sans rien dire, une promesse est une promesse. Elle m'en a parlé des années plus tard : « Tu te rends compte, tu as pris du saumon fumé ! »

Je suis né le 9 décembre 1972 à Tahiti. Mon père, militaire de carrière, était en charge de la réparation des porte-avions. En 1965, mes parents avaient saisi l'opportunité de partir à Papeete où ils ont vécu huit ans. Ma sœur et moi sommes nés sur cette île du bout du monde. En février 1973, nous avons rejoint la métropole et je n'ai gardé de mon court séjour qu'un souvenir : le tiki, pendentif représentant un être humain stylisé, cadeau de naissance et porte-bonheur des Tahitiens que je garde depuis autour du cou.

À notre arrivée à La Seyne-sur-Mer, mon père a trouvé un emploi de technicien à l'arsenal de Toulon. Je trouvais que j'avais une vie dorée : j'avais de l'amour et un vélo. Notre quotidien était modeste, comme celui de toute ma famille. Des gens qui vivaient très simplement de leur métier, qui n'envisageaint même pas de monter quelques jours à Paris. Pourquoi quitter La Seyne ? On est si bien chez nous. Quelques années plus tard, par le hasard de cette raquette qui traînait sur un court, je prendrais une voie à laquelle rien ne me destinait et choisirais un métier sans racines, entre hôtels et avions.

Dans les années 1980, mon père gagnait environ 9 000 francs par mois. Pas facile avec ça de faire vivre une famille de quatre personnes, et d'assumer en plus les frais des deux enfants dont les tournois coûtaient cher. Ma mère m'a rappelé récemment une coutume dans les tournois de jeunes, après chaque match, le vainqueur paie un pot à son adversaire. Hélas pour mes parents, le vainqueur était toujours le même : moi ! À cela s'ajoutait le coût du voyage. Même sans prendre les autoroutes à péage, pour certains allers-retours lointains il fallait plusieurs pleins d'essence. Dans les périodes difficiles, ma mère devait trouver de petits boulots pour aider la famille et me permettre de vivre ma passion dans de bonnes conditions. Mes parents ont tous les deux fait de gros sacrifices pour moi, avant que je puisse vivre de mon sport. Sans eux, sans leur aide et leur implication, je n'aurais jamais pu aller au bout de mon rêve.

Les victoires succédant aux victoires, je suis passé très vite des compétitions régionales aux nationales, puis internationales. J'ai en tête le souvenir de mon premier voyage à l'étranger pour disputer une rencontre Israël/France. J'avais neuf ans et demi. Mes parents m'ont conduit à l'aéroport de Marseille-Marignane où m'attendait la délégation française. J'étais de loin le plus jeune du groupe, à la fois heureux et inquiet de partir pour une destination lointaine et inconnue. Nous sommes en 1981 et la situation en Israël n'est pas stable. Hébergé dans une famille d'accueil en compagnie d'Alexia Dechaume de deux ans mon aînée, je devais prendre le bus le matin pour rejoindre le club. Impressionné de voir des militaires armés à chaque arrêt, l'enfant que j'étais se sentait un peu perdu si loin de sa famille. Dix jours plus tard, le vol libérateur m'a ramené enfin vers Marseille.

À partir de ce moment-là, j'ai voyagé vers des destinations de plus en plus lointaines. Mon tennis coûtait encore plus cher. Une personne a joué un rôle important pour la suite de ma carrière, Jacques Bianchi. Chef d'entreprise et passionné de sport, il a créé une structure dont le but était d'aider les meilleurs sportifs varois, parmi lesquels Yannick Dalmas (pilote automobile), Thierry Magnaldi (pilote moto) et moi-même. Jacques avait compris que pour m'épanouir et continuer de progresser, il ne fallait pas que je m'éloigne trop longtemps de ma base. J'étais encore un gamin. Me ressourcer en famille régulièrement m'était indispensable. Il avait donc mis à ma disposition un compte dans une agence de voyages, qui me permettait de sauter dans un avion chaque fois que j'avais un coup de blues, pour retrouver les miens. Vingt ans plus tard, Jacques compte parmi mes meilleurs amis.

De progrès en progrès, j'ai commencé à disputer des tournois plus richement dotés, à gagner de l'argent. À quatorze ans et demi, j'ai fait le tour du monde tout en ayant des revenus très confortables. À seize ans, j'ai participé à Roland-Garros et au tournoi de Bercy. J'ai eu mes premiers sponsors, Lacoste, Dunlop, Primagaz, et je gagnais plus que mon père en continuant à m'amuser, à taper dans une balle. Pendant ce temps, lui se levait tous les jours à six heures du matin, pour remettre en état les bateaux de guerre à l'arsenal de Toulon.

Tellement d'argent si vite gagné, il y a de quoi faire tourner la tête d'un gamin. Ma vie a basculé quand je me suis retrouvé seul à Paris. J'ai eu la chance de garder le cap alors que j'avais tout à portée de main pour déraper. C'est tellement tentant de flamber devant les copains. Beaucoup de jeunes tennismen n'ont pas pu, pas su passer ce cap. J'ai croisé des joueurs aussi bons que moi qui ont perdu de vue l'objectif fixé, arrêté la compétition, pour plonger dans d'autres plaisirs plus faciles à atteindre.

À cette époque, les journalistes me posaient la même question : « Est-ce que vous avez l'impression de mener la vie normale d'un adolescent ? » Je répondais toujours oui. Par pudeur, par modestie. Mais non, bien sûr, je ne menais pas une vie normale. Je n'avais aucun copain en dehors du monde du tennis, je n'allais ni dans les bars ni dans les boîtes, mes loisirs c'étaient les entraînements et les tournois. Sans la curiosité sur le monde que j'ai toujours eue, mon univers aurait parfaitement pu se réduire au tennis.

Mes revenus étaient exorbitants pour mon âge. À dix-huit ans, j'ai pu m'acheter un petit appartement à côté de Roland-Garros de la même valeur que la maison de mes parents acquise après une vie de travail. Quelques années plus tard, à vingt-cinq ans, j'ai gagné le tournoi de Dubaï qui était à l'époque le mieux doté. J'ai reçu un chèque équivalant à la retraite de mon père pendant dix ans !

Toutes ces premières années de carrière, je dépensais très peu, je n'en avais ni le temps ni l'envie. Ma priorité était ailleurs. La vie d'un jeune joueur célibataire tourne autour du tennis. Il ne va pas dans les restaurants gastronomiques. Grâce aux sponsors, il ne paie pas ses vêtements de sport et bien sûr il ne part jamais en vacances, de peur, au retour, de ne plus être au niveau et de regarder passer les balles !

Mon père s'occupait de mes comptes de façon très prudente. Il gérait mes revenus comme les siens, avec la peur de manquer. Grâce à lui et au milieu modeste dont je suis issu, j'ai toujours gardé en tête la valeur des choses. J'ai le souvenir d'une exhibition en Italie avec Yannick Noah et Henri Leconte. J'étais tout jeune, seize ans peut-être. Nous nous promenions avant le match dans les rues de Milan. Henri a acheté dans une boutique un agenda en cuir pour sa copine de l'époque qu'il connaissait depuis quelques semaines. Un agenda qu'il a payé 400 francs. Je l'ai regardé, en pensant : « 400 balles l'agenda, pour une nana qu'il connaît à peine ! » J'étais profondément choqué.

Après l'exhibition, le sponsor nous a emmenés dans son magasin de vêtements pour nous faire cadeau, à chacun, d'une chemise. Yannick et Henri ont peut-être laissé la leur dans leur chambre d'hôtel, je ne les ai jamais vus avec. Moi je ne la quittais pas et je l'ai gardée plusieurs années ! Elle était tellement belle, beige avec des petits ronds rouges, taillée dans un tissu de qualité, avec un beau col rigide... Aujourd'hui mon contrat avec Lacoste me permet de choisir tous les vêtements qui me plaisent dans leur boutique parisienne dédiée aux clients liés à la marque. Je m'y habille de pied en cap.

Je me souviens de la première voiture qui m'a été offerte. Une Lada. J'avais dix-huit ans, je venais de passer mon permis de conduire. Je suis allé la chercher à l'ouest de Paris. C'était une Lada Samara noire, l'une des voitures les moins chères du marché. Depuis, j'ai eu de belles voitures, mais je pense n'avoir jamais été aussi heureux de conduire que lors de ce retour vers Paris au volant de ma Lada. J'étais le roi du monde.

Ces images de mes premiers contacts avec l'argent me sont restées en mémoire. J'étais à la fois ébloui et choqué. Je n'ai pas beaucoup changé. D'ailleurs je suis plus souvent choqué qu'ébloui. Ce qui m'a valu parfois une réputation de radin dans le monde du tennis. Combien de fois en lisant la carte d'un restaurant me suis-je exclamé : « Oh là là, c'est cher ! » Et de m'entendre répondre : « Avec ce que tu gagnes ce n'est pas cher. Qu'est-ce que tu es radin ! » Non, je ne suis pas radin. Je n'ai jamais oublié d'où je viens. Je n'ai jamais perdu la valeur des choses. Quels que soient mes revenus, je sais reconnaître quand un restaurant est cher.

Je suis resté simple et j'ai la chance de vivre luxueusement, j'en suis conscient. Mais je n'arroserai jamais mes plantes vertes avec de l'eau minérale et je n'aime pas gaspiller. Je refuse d'entrer dans le jeu de la surenchère propre au milieu du tennis où l'on affiche sa réussite en épatant son voisin. J'ai choisi mon camp. Si pour être considéré comme quelqu'un de généreux, il faut flamber, je préfère être qualifié de radin. Le discours de mes proches m'a toujours conforté dans mon comportement. Agir différemment m'aurait complètement déraciné.

1997, le retour gagnant

Je n'avais plus de plaisir sur le court. J'ennuyais les spectateurs. Je n'étais plus ce joueur imaginatif qui s'amusait avec la balle. Après avoir été un jeune prodige, admiré pour sa créativité, je devenais un joueur adulte ennuyeux. C'est une sensation extrêmement désagréable de s'ennuyer en jouant, de ne plus séduire le public, d'être coincé dans un style de jeu.

J'étais pourtant convaincu d'être un joueur-né. Alors que s'était-il passé ?

Plus jeune, je gagnais tous les titres possibles. J'étais le meilleur dans ma catégorie. Les éloges m'importaient peu, j'aimais jouer, j'aimais gagner, la vie était belle et rien ne laissait présager que ça s'arrête un jour.

Mon entrée dans le monde pro, ce monde où l'on ne vous pardonne rien, a changé ce cours idéal des choses. J'essayais de jouer comme tous les autres, en pratiquant un tennis moderne essentiellement axé sur la puissance. Ce tennis m'était complètement inadapté. Je m'étais tout simplement éloigné de mon jeu. Par peur. Peur de perdre, peur de déplaire. Pris par la pression et l'obligation de gagner, je m'étais enfermé dans un jeu défensif, en fond de court, aux échanges interminables pour moi et pour le public. J'étais entré, sans en avoir conscience, dans un cercle vicieux. Ma peur de l'échec m'empêchait de gagner. Je procurais une vraie déception à tous ceux qui m'avaient prédit de jouer très vite les premiers rôles. Ils me plaçaient beaucoup plus haut que je ne le méritais. En particulier les journalistes qui m'avaient porté aux nues. Leur attente était très forte, trop forte.

J'ai envie d'abandonner. J'ai toujours fait ce métier pour le plaisir, si je n'en ai plus, à quoi bon continuer ? En 1996, je suis en plein doutes. J'accompagne une amie à un casting. On me propose de faire un essai. Et si c'était l'occasion de changer de vie ? Le film ne se fera jamais. Le destin, ce jour-là, n'a pas voulu que je devienne comédien. J'ai connu ensuite mes douze plus belles années de tennis.

Je dois à mon père ce retour gagnant. Il m'avait entraîné gamin, c'était le seul à qui je pouvais demander, en toute confiance : « Je ne peux plus continuer comme ça, j'ai envie de tout lâcher. Donne-moi un conseil. Dis-moi ce que tu penses de mon jeu. » Après avoir visionné des cassettes vidéo, il m'a répondu très clairement : « Continue mais change de schéma de jeu. Ta façon de jouer ne te correspond pas. Tu dois reproduire à vitesse rapide ce que tu faisais chez les jeunes à vitesse lente. Être créatif, jouer le double, retrouver le plaisir et t'amuser. » Il avait en tête le film de ma carrière et me donnait l'impression qu'il attendait que je vienne lui demander son avis. Il ne serait jamais venu vers moi, estimant que c'était à moi de faire le premier pas. Je lui posais toutes les questions que j'avais en tête : « Tu penses que je vais pouvoir jouer comme ça chez les pros ? Je vais tenir physiquement ? Est-ce que je peux améliorer mon service ? Et mon coup droit ? »

Mon père venait de prendre sa retraite de l'arsenal de Toulon, je lui ai demandé de devenir mon entraîneur. Il a relancé ma carrière et chamboulé ma vie. Il m'a appris à tirer parti de mes défauts. J'étais performant en défense, mais pour retrouver le goût du jeu, je devais m'orienter vers l'attaque, vivre les matchs au lieu de les subir. Prendre la balle tôt et renouer avec mon coup droit slicé. Même si ce coup unique est considéré comme un coup des années 1980, démodé. L'utilisation du matériel moderne et l'évolution vers un jeu plus puissant laissaient penser que le slice était en voie de disparition. Pourtant je n'ai jamais arrêté de le jouer, et c'est même devenu ma meilleure arme. Depuis, le slice est revenu à la mode, notamment grâce à des joueurs comme Roger Federer. Même le tennis est victime de la mode !

En frappant des revers liftés et des coups droits slicés, je limitais les changements de prise, donc je pouvais prendre la balle plus tôt, jouer à l'intérieur du court et utiliser mon jeu à deux mains pour trouver des angles. Depuis ce jour, je n'ai presque plus jamais changé de prise en fond de court. J'ai une meilleure vision du jeu lorsque je joue sur ma ligne de fond et non deux mètres derrière. L'éventail des coups possibles est bien plus important.

Je peux dire aujourd'hui que de 1989 à 1995 j'ai fait mes classes (étudiant en tennis !), en 1996 j'ai analysé mon jeu (examen !) et en 1997 j'ai vraiment commencé ma carrière de joueur de haut niveau (mon métier !). J'avais vingt-quatre ans. Est-ce que j'ai perdu du temps ? Sans doute, par méconnaissance de moi-même. Mais trouver son schéma de jeu n'est pas évident. Beaucoup de joueurs jonglent entre plusieurs styles. Mon père m'a aidé à trouver le mien. Parce que j'avais confiance en lui je l'ai écouté et je l'ai entendu. Dans les deux mois qui ont suivi j'ai rejoué avec le sourire et j'ai retrouvé les éloges. Moins d'un an après je remportais mon premier tournoi. Dans ma longue carrière, j'ai gagné trente tournois dont vingt-neuf depuis 1997 ! La pertinence de son regard sur mon jeu m'a toujours épaté. Il a chaque fois raison. Sans conflits, jamais, il a su me faire passer des messages qui m'ont aidé à m'améliorer. Aujourd'hui encore où je pense surtout à maintenir mon niveau, il cherche, après chacun de mes matchs, de nouvelles solutions et me pousse à progresser encore. Mon père est un sage. J'ai vécu sur le court une relation magnifique avec lui.

La presse et moi

J'ai seize ans. Un homme m'arrête dans la rue et me demande mon avis sur la situation internationale. Cette image est restée gravée dans ma mémoire comme le symbole absurde de la notoriété. Mon visage apparaît dans les médias et ma parole prend de l'importance. Je suis régulièrement interrogé par les journaux ou la télévision sur des domaines qui me sont totalement étrangers. Je suis un apprenti champion, un ado qui ne connaît pas encore grand-chose de la vie et les médias font irruption dans mon univers sans que je m'y sois préparé. Quelle sensation étrange de sentir tous ces regards posés sur moi, ces micros tendus pour recueillir des mots que je ne sais pas bien prononcer et dont je ne comprends pas la portée.

En vingt ans de carrière, j'ai eu le temps d'analyser ces rapports très particuliers, et je suis prêt à reconnaître, sinon mes erreurs, du moins mes maladresses. Je me suis fait si violemment critiquer à une époque que je pense en avoir gardé quelques cicatrices. Ma méfiance vis-à-vis de ce monde m'a longtemps empêché d'avoir une relation détendue avec les journalistes. Cet univers m'était totalement étranger quand j'ai commencé à être sollicité. Ce n'est pas facile pour un jeune garçon débarqué de province, mal armé pour les analyses fines ou les réparties percutantes, de jouer le jeu attendu. Il faut déjà comprendre qu'il s'agit d'un jeu entre journalistes et joueurs. Si vous ne connaissez pas les règles, vous êtes sûr de perdre.

J'avais seize, dix-sept ans lors des premiers articles sur moi. Peu sûr de moi j'hésitais entre répondre à toutes les questions avec une franchise naïve ou, au contraire, contrer les attaques par des coups de griffes, comme tous les timides qui veulent se donner une assurance. Est-ce que les journalistes imaginent ce que ressent un gamin qui se fait pourrir dans leur journal ?

Dans les années 1990, mon jeu a commencé à déplaire et la presse s'est acharnée contre moi. Le petit génie déçoit. Bien sûr mon jeu n'était pas attractif à cette époque, mais je faisais le maximum avec mes moyens du moment. Il me revient en mémoire cet article d'un journaliste du *Parisien* qui avait gagné les ciseaux d'or tellement il taillait les joueurs. J'avais dix-sept ans. À la suite d'une défaite, il avait écrit : « Fabrice Santoro a perdu contre un joueur qui n'est même pas connu dans sa rue. » Ça m'a profondément blessé. Ce joueur s'appelait Richard Krajicek. Ce n'était pas vraiment un maladroit, quelques années plus tard il gagnait Wimbledon.

Quand je croisais les journalistes qui m'attaquaient, avec leur certitude et l'assurance de leurs quarante ans, moi qui n'avais pas vingt ans et qui me considérais encore comme un gosse, j'avais envie de leur dire : « Je suis ton fils, pourquoi tu me tapes dessus ? » Un mauvais papier dans *L'Équipe* et j'avais l'impression que tout le monde me regardait en se disant : « C'est lui, le nul. » Sur les 400 000 acheteurs du journal, un quart peut-être lit la rubrique Tennis, une bonne partie ne partage pas l'analyse du journaliste et presque tous oublient l'article une fois le journal refermé. Il faut manquer de chance pour croiser les quelques milliers de Français qui vont vous reconnaître et faire le lien avec l'article. Moi je pensais qu'ils l'avaient tous lu, cru, et retenu à jamais !

Je peux en parler calmement aujourd'hui, à l'époque j'étais trop malheureux pour me confier à qui que ce soit. J'étais tellement déstabilisé par ces jugements portés sur moi que je ne jouais plus pour gagner, je jouais pour éviter la critique. Il m'a fallu des années pour retrouver la confiance.

Je me suis souvent demandé s'il fallait dire la vérité aux journalistes. Mon expérience me conduit à penser qu'il ne faut jamais faire son autocritique. Si le journaliste a l'impression que vous ne vous êtes pas donné à fond dans un match, il l'évoquera à mots couverts puisqu'il n'en a pas la certitude. Si vous avez le malheur de dire que vous vous êtes mal préparé et que vous n'avez pas tout donné, ce qui a pu m'arriver en début de carrière, il en fera son gros titre.

Souvent des journalistes m'ont épinglé parce qu'ils estimaient que je ne m'entraînais pas suffisamment. Mais combien avaient assisté à mes entraînements ? Aucun ! Je me souviens d'un match à l'Open d'Australie en 1999. Au bout de deux heures, coup de fatigue important. Je me suis vraiment senti mal sur le terrain. À la conférence de presse qui suit le match, un journaliste de *L'Équipe*, Philippe Maria, m'agresse : comment ai-je pu avoir un coup de fatigue après seulement deux heures de match ? Je lui réponds calmement que c'est mon quatrième match dans les jambes et que j'ai souffert de la chaleur accablante, 40 °C. Il insiste : « Mais comment t'es-tu entraîné cet hiver ? » Je lui explique que j'ai fait tous mes entraînements et que je courais régulièrement une heure dans le bois. Aussitôt, il m'attaque : « Comment veux-tu supporter un match de quatre heures si tu cours seulement une heure ? Même moi, je fais des footings d'une heure trente. » Voilà ce qui risquait de paraître dans la presse le lendemain : je ne pouvais pas tenir l'intensité d'un match parce que je faisais des footings trop courts. Je me suis énervé en lui expliquant sèchement que je n'étais pas marathonien. Les tennismen doivent aussi travailler un petit peu leur service, leur revers, leur coup droit, leur volée, etc. Cette heure de footing s'ajoutait aux quatre heures de tennis.

Si l'on m'a si souvent attaqué sur la supposée légèreté de mes entraînements c'est parce que j'en gardais les détails pour moi. Une fois, j'ai fait la démonstration suivante à un journaliste qui mettait en doute, une fois de plus, le sérieux de mes entraînements : « Je n'ai pas le gabarit des joueurs modernes, je n'ai pas un grand service, je n'ai pas un grand coup droit et vous écrivez que je ne m'entraîne pas. Alors comment est-ce que je peux avoir ce palmarès ? Je suis un génie ? Non. Je m'entraîne, à ma façon, c'est tout. Je ne vous ai jamais vu assister à mes entraînements fastidieux dans l'ombre. Alors comment pouvez-vous vous permettre de juger ? »

Combien de fois ai-je été excessivement encensé et combien de fois traîné dans la boue ! J'ai beau savoir que la vérité doit se situer entre les deux, je n'ai jamais supporté les excès, ni dans un sens ni dans l'autre. J'ai dû me protéger du trop-plein de louanges quand j'étais tout jeune, au risque de me prendre pour un génie et de péter les plombs. Puis du trop-plein de critiques, pour garder un peu de confiance en moi et poursuivre ma carrière malgré tout, en serrant les poings. Avaler une défaite lorsqu'on a dix-sept ans, c'est dur. Sentir le lendemain le poids des regards critiques de ceux qui vous ont vu à la télé, lire dans la presse tout le mal que les journalistes pensent de vous, c'est pire. À l'échec s'ajoute la honte.

Plus je pense à ma carrière, plus je réalise à quel point ma sensibilité m'a fragilisé. La violence de certaines analyses de mes matchs, ou de mes comportements en début de carrière, m'a poussé à me fermer, à me protéger derrière une porte blindée pour ne donner aucune emprise sur ma vie, sur mon jeu, sur moi-même. C'est dommage, probablement.

Durant mes dernières années sur le circuit, le phénomène s'est inversé. J'ai acquis une réputation de joueur au franc-parler, un bon client pour les médias. Mes relations avec la quasi-totalité des journalistes sont devenues agréables, et j'ai même une certaine proximité avec quelques-uns d'entre eux.

Au mois de mai 2009, j'ai été particulièrement touché par l'hommage que m'a rendu Michel Drucker lors d'un « Vivement dimanche » consacré à mon parcours. J'ai été frappé par son talent et son humilité. Un grand champion dans son domaine, qui entame, lui, sa quarante-cinquième année de carrière !

Ni homo ni sciento

La notoriété a un étrange effet secondaire. Des rumeurs, dont il est presque impossible de découvrir l'origine, circulent à votre sujet. J'ai ainsi appris dans les années 1990, de la bouche d'un journaliste, que j'étais considéré comme homosexuel. « On t'a vu, m'a-t-il dit, te précipiter dans un bus à New York, pour rentrer à ton hôtel avec un journaliste italien. » En faisant un effort de mémoire, j'ai reconstitué la scène. C'était en août 1990. En quittant l'entraînement à l'US Open, j'ai failli rater le bus qui devait me ramener à Manhattan. Je me suis précipité pour l'avoir et me suis écroulé sur un siège. Le bus était vide, à l'exception d'un homme assis plus loin auquel je n'ai prêté aucune attention. Ni lui non plus. C'était un célèbre journaliste italien à l'homosexualité déclarée. Quelqu'un m'a donc vu, qui en a parlé à quelqu'un, qui à son tour... et ainsi court la rumeur. J'avais dix-sept ans à l'époque et quelques aventures sans lendemain avec des filles qui ne me suivaient pas en tournoi. On avait l'habitude de me voir seul. Un jeune joueur célibataire qui court attraper un bus dans lequel se trouve un homosexuel, il n'en faut pas plus pour qu'une réputation soit faite. Si je l'étais, je ne pense pas que je le cacherais. Mais non, je ne suis pas attiré par les hommes. Je sais bien que le dire ici ne changera rien. Il est impossible de faire taire une rumeur.

D'autant plus que j'ai récidivé ! Quelques années plus tard, je fais la connaissance d'un notaire qui devient mon conseiller. Nous nous voyons régulièrement. Il est compétent, drôle et homosexuel. Nous devenons amis. Je vais parfois le voir à Grenoble, ou c'est lui qui me rejoint à Genève pour nos rendez-vous professionnels. Un jour un joueur, originaire de Grenoble, me révèle qu'il a entendu dire dans sa ville que j'étais homosexuel. Cette fois encore des détails accréditent l'information. On m'aurait vu déambuler dans les rues de Grenoble et dîner dans un coin discret d'un restaurant avec un notaire homosexuel. Je reconnais que, lorsque nous déjeunons ensemble pour parler affaires, nous évitons de nous mettre en plein milieu de la salle du restaurant ! Quand on est exposé, il est difficile d'avoir un ami homo sans que l'on vous prête les mêmes penchants. Quinze ans plus tard, il arrive encore que cette rumeur d'homosexualité me revienne aux oreilles.

Je ne sais même plus comment j'ai appris que l'on me soupçonnait de faire partie de l'Église de scientologie. Cette rumeur court, elle aussi, depuis plusieurs années. Très récemment encore, une jeune femme que je connaissais à peine m'a demandé s'il était vrai que j'étais scientologue. Son père lui en avait parlé. J'ai cherché une explication. La seule que j'aie trouvée proviendrait d'une confusion avec un joueur français à qui je ressemble physiquement, et qui a officiellement reconnu avoir fait partie de cette

Église. Je n'ai pour ma part jamais appartenu à aucune secte. J'y suis même particulièrement allergique. J'ai été élevé dans la religion catholique, même si je n'ai plus aujourd'hui de croyance forte. Juste la sensation que quelqu'un, là-haut, nous surveille pour récompenser le bien et punir le mal.

Djénaé ma fille

Mars 2000. J'embarque dans l'avion qui va décoller de Los Angeles pour rejoindre Miami où je joue quelques jours plus tard. Mon entraîneur de l'époque, Laurent Raymond, occupe le siège à côté. Quelques rangs plus loin est assis le joueur russe Marat Safin attendu lui aussi au tournoi de Miami. Je m'endors, comme souvent, avant le décollage. Je suis réveillé quelques minutes plus tard, par les hurlements des passagers. L'avion vient de décoller et le réacteur gauche est en feu. Ce réveil en sursaut ressemble à un cauchemar. Encore dans les brumes du sommeil, je plonge dans l'angoisse. L'hôtesse, dont le regard devrait nous rassurer, est couchée à plat ventre dans le couloir, aussi paniquée que les passagers. Je suis couvert de transpiration. Pour me rassurer, j'attrape la main de mon entraîneur. Les images de ma vie défilent, presque à mon insu : je vois le visage de ma compagne, de mes parents, de ma sœur, de mes amis proches et aussi quelques flashs sur les moments forts de ma carrière... Le pilote réduit les gaz, j'ai l'impression que les moteurs s'arrêtent. Ma peur augmente. Quelques secondes plus tard, il entame un demi-tour qui nous remet dans la direction de l'aéroport. Il prend la parole et nous informe que nous retournons nous poser en urgence à L.A. Je comprends que nous avons une chance de nous en sortir. Cette vie que j'ai vue défiler il y a quelques minutes me paraît pleine et vide à la fois. Une vie dérisoire, incomplète, une vie d'égoïste. L'avion se pose au milieu des camions de pompiers. Nous sommes sauvés. Je suis encore sous le choc, fatigué, vidé. Je ne veux pas reprendre un autre avion. Plus jamais. J'envisage d'arrêter ma carrière et de rentrer en Europe par bateau. Moins traumatisé que moi, Laurent Raymond me raisonne et arrive à me convaincre de prendre le vol suivant. Marat Safin a cette phrase d'une sagesse très russe : « De toute façon, si on doit tomber, on tombe. » J'ai toujours été sa bête noire sur le terrain. Il m'a donné l'impression d'être plus serein après cette épreuve qu'avant de m'affronter.

Le vol jusqu'à Miami a été un cauchemar, j'ai eu peur de bout en bout, quatre heures durant. Pendant des années, je ne me suis plus senti tranquille en avion. J'ai eu tout de même assez de lucidité pour prendre une grande décision pendant ce vol éprouvant : ma vie devait changer, elle devait avoir un sens. C'est l'heure du bilan. Je réalise que si l'avion s'était écrasé je n'aurais pas laissé de trace. Je veux faire un enfant avec la femme que j'aime et dont je partage la vie depuis cinq ans. À l'arrivée à Paris nous en avons parlé. Quinze mois plus tard, Djénaé naissait. Un prénom choisi à partir du mot berbère *djena* qui signifie « paradis ». J'ai voulu sa naissance dans l'enfer d'un avion, nous avons choisi de l'appeler Paradis.

À la seconde où elle est née, j'ai compris que ce petit bout de femme de cinquante-deux centimètres allait chambouler ma vie. Désormais plus rien ne serait comme avant. Elle est devenue la personne la plus importante au monde, celle que je dois protéger, rassurer, éduquer. Et aider aussi à partir un jour, à voler de ses propres ailes, à vivre sa vie comme je l'ai fait.

Il n'était pas question que j'abandonne le tennis, c'était ma passion et elle nous faisait vivre. Mais j'ai commencé à compter les jours loin d'elle. Elle est née le 1er juillet 2001, vingt jours plus tard je partais pour quatre semaines de tournois aux États-Unis. Au bout de quinze jours, ne tenant plus, j'ai fait un aller-retour dans la journée, New York-Paris, Paris-New York, juste pour venir les embrasser, elle et sa maman.

Après la naissance de Djénaé, je n'ai jamais plus envisagé mon métier de la même façon. Mon but avait toujours été de gagner. Tout d'un coup je m'apercevais que j'étais capable de m'investir à fond dans un autre objectif : réussir l'éducation de ma fille. J'avais toujours été un bon joueur de tennis, je voulais aussi être un bon papa. Avoir déplacé ma priorité a immédiatement rendu mon métier plus facile. La pression est retombée. J'ai poursuivi ma carrière avec autant de plaisir qu'avant, la peur en moins. Mes voyages lointains ont parfois frustré le papa que j'étais, par exemple lorsque je n'ai pas assisté à ses premiers mots. Mais j'ai eu, grâce à elle, des joies immenses de père et de tennisman. Comme son sourire le jour où je lui ai offert sa première coupe, gagnée en double à l'Open d'Australie, ou celle remportée à Newport. Elle les a gardées dans sa chambre. Très vite, elle m'a accompagné en tournoi avec sa maman. À cinq ans, elle avait déjà fait le tour de la planète. Savoir qu'elle me regardait jouer et qu'elle était fière me donnait des ailes. Entre les points, j'entendais sa petite voix aiguë d'enfant crier : « Allez, Papa ! » J'en aurais pleuré de joie. Il me revient aussi cette image d'un tournoi, à Marseille je crois, où elle avait préparé une petite banderole avec « Allé Papa ! » écrit en lettres maladroites. Elle la brandissait au-dessus de sa tête lorsqu'elle croisait mon regard.

Aujourd'hui elle a huit ans. Les contraintes de l'école l'empêchent de me suivre en tournoi. Depuis que nous nous sommes séparés, sa mère et moi, mon planning est entièrement conçu en fonction d'elle. En dehors de la tournée australienne, obligatoire car elle lance la saison, je ne la quitte jamais plus de quinze jours. Je ne me plie plus au calendrier classique du joueur professionnel qui nous conduit à participer aux deux tournées américaines, celle du mois de mars et celle de l'été. Djénaé a droit, comme tous les enfants, à des vacances normales, avec son papa, sa famille et ses copines. Les joueurs qui accumulent les tournois, qui passent huit mois par an en dehors de chez eux, ont rarement des enfants en âge d'être scolarisés. De mon côté, chaque déplacement est mûrement réfléchi et je fais l'impasse sur les tournois moins importants. C'est un choix qui a pénalisé ma carrière, puisque le calcul des points comptant pour le classement avantage les marathoniens des courts. Mais je ne l'ai jamais remis en cause. Depuis le 1er juillet 2001, ma priorité c'est Djénaé. Elle n'a pas besoin d'un champion pour s'épanouir mais d'un papa. Elle est fière quand je gagne des matchs, mais le jour où j'aurai arrêté ma carrière elle sera ravie que je la quitte moins souvent. Elle ne me posera plus la traditionnelle question qui me fait mal : « Papa, tu reviens quand ? »

Privé

18 septembre 1994. La foudre me paralyse pendant le tour de chant d'un ami. Deux heures durant je reste le regard fixé sur l'une des choristes. Pendant des semaines, aussi obstiné que sur le terrain, je cherche par tous les moyens à la rencontrer, à la connaître. Il me faudra neuf mois et un

match à Roland-Garros pour la séduire. À vingt-deux ans je découvre l'amour, le vrai, celui qui dure toujours. Je suis le plus heureux des hommes. Je gagne bien ma vie, je fais le métier que j'aime et je suis amoureux de ma compagne qui me suit dès que possible sur les tournois du monde entier. J'ai toujours rêvé de former un couple aussi solide que celui de mes parents, j'ai trouvé la femme qui va me permettre de réaliser ce rêve. Quelques années plus tard naît notre fille Djénaé. Elle a le sourire de son papa et la peau mate de sa maman. C'est à trois que nous voyageons alors, et quand je les vois dans les gradins entre deux échanges, je me dis que j'ai réussi ma vie.

Une vie certes particulière où nous trouvons notre équilibre, même si parfois elle engendre des tensions. Difficile pour la compagne d'un sportif de haut niveau d'accepter que les décisions soient presque toujours prises en fonction de sa carrière. Durant nos multiples tours du monde, nos discussions nous amènent souvent à imaginer la deuxième vie, plus classique, qui nous attend après le tennis. Mais elles engendrent aussi des tensions.

En 2006 le roman rose tourne au cauchemar. Distance, déchirures. Nous nous faisons du mal. Pour nous mais aussi pour Djénaé, nous tentons de ne pas tout casser. Jusqu'à sa décision irrévocable de partir. Mon univers s'écroule. Tout ce en quoi j'avais cru, tout ce que j'avais construit. J'étais fier de l'image que nous formions, un couple beau et amoureux avec une petite fille merveilleuse. Je deviens ce que j'ai toujours redouté d'être, un père célibataire. Cette image de l'échec me fait horreur. J'avais toujours été préservé du malheur, je n'étais pas armé pour souffrir ailleurs que sur un court.

Pendant des mois, j'ai continué tant bien que mal à faire mon métier. Mais je ne me considérais plus comme un joueur de tennis, je n'étais plus qu'un homme qui souffrait. J'ai une pensée émue et reconnaissante pour tous ceux qui m'ont apporté leur soutien dans ces moments où je n'étais plus moi-même, tous ceux qui m'ont aidé : Marina, Astrid, David, Jacques, Éric... Grâce à vous, je me suis relevé.

Les premiers matchs perdus au tennis apprennent plus que les victoires. La première immense souffrance dans une vie d'homme apprend à devenir adulte. Cette épreuve m'a changé, j'ai gardé des cicatrices, mais j'ai retrouvé ma force.

Le président

Septembre 2004, j'apparais sur le petit film projeté dans la grande salle du Bourget pour souhaiter bonne chance à Nicolas Sarkozy qui se présente à la présidence de l'UMP. J'ai par la suite beaucoup entendu parler dans mon milieu de ces quelques secondes d'images. « Qu'est-ce que tu faisais là-dedans ? Tu t'intéresses à la politique maintenant ? » Personne ne s'attendait à me voir dans ce rôle.

Petit retour en arrière en forme d'explication. En 1996 j'avais besoin des conseils d'un avocat pour une affaire d'ordre privé. Un ami me recommande un cabinet qu'il connaissait. C'est ainsi que je rencontre maître Sarkozy, avocat au cabinet Leibovici-Claude-Sarkozy, et maire de Neuilly. Il a accepté de s'occuper de mon affaire, et nous nous sommes revus plusieurs fois dans un cadre professionnel, puis amical. Entre deux tournois, je passais lui rendre visite à la mairie de Neuilly. Nous déjeunions aussi parfois d'une pizza ou dînions à quatre, Nicolas, Cécilia, ma compagne et moi. Leur fils Louis venait de naître, il était encore dans son couffin. Les relations entre nous étaient détendues. Thierry Saussez, le grand spécialiste en communication des hommes politiques, était présent de temps en temps. J'ai souvenir que nous avons évoqué avec lui l'image des hommes politiques. Nous parlions aussi de sport. Nicolas Sarkozy était un passionné. Le quotidien du matin qu'il préférait était *L'Équipe*. J'aimais sa passion pour le sport, pour tous les sports, et il aimait avoir un sportif pour ami. Il m'a demandé une fois ou deux de venir à Roland-Garros taper la balle avec lui. Il était assez adroit, pas mauvais en revers. Ces petits matchs étaient sa récréation dans une vie déjà surchargée de travail. Nous avions une autre passion commune en dehors du sport, le chocolat noir dont il avait toujours une boîte à portée de main sur son bureau.

Cette année 1996 était difficile pour nous deux. Pour lui l'année post-présidentielle pendant laquelle il avait soutenu Édouard Balladur, pour moi l'année des doutes sur la suite de ma carrière. Je l'ai accompagné quelques fois à son footing et nous parlions de ce moment charnière de notre vie, en arpentant en petites foulées les allées du bois de Boulogne. Il était profondément atteint par son échec de 1995. Nous nous demandions l'un et l'autre si nous n'allions pas changer de voie. Il me disait qu'il envisageait d'arrêter la politique pour se consacrer à son cabinet d'avocats.

Je lui ai régulièrement rendu visite, dans ses nouvelles fonctions place Beauvau. Pendant des années nous nous sommes parlé presque chaque semaine au téléphone et, malgré nos emplois du temps surchargés, nous arrivions à nous voir à peu près chaque mois. Il était toujours disponible pour me conseiller et, chaque fois que je gagnais, il me téléphonait pour me féliciter. Lorsque j'ai eu des difficultés avec Guy Forget au moment de la coupe Davis 2006, il m'a appelé : « Fabrice, prends l'avion et viens me voir. » Quand je suis arrivé, il m'a dit : « L'actualité chasse l'actualité. Ne t'en fais pas. C'est la vie. » Cette amitié et cette proximité ont duré dix ans. J'ai décidé de reprendre ma carrière en main, il a choisi de poursuivre la politique. Lorsqu'il s'est présenté à la présidence de l'UMP, c'est tout naturellement qu'il m'a demandé si je voulais bien apparaître avec ses proches dans le film qu'il allait montrer au Bourget. Et c'est tout aussi naturellement que j'ai accepté, pour lui faire plaisir. Je n'étais pas conscient de me coller une étiquette, ni d'avoir mis un pied en politique. J'ai assisté à l'un de ses meetings comme candidat à la présidentielle, à Lyon, assis au premier rang, tout près de Bernadette Chirac. On aurait dit un boxeur qui entrait sur un ring. J'ai été impressionné par sa détermination et sa pugnacité. Le jour du second tour, il m'a invité à assister au résultat de l'élection dans son bureau. Nous étions une vingtaine de proches à partager ce moment unique. L'effervescence était incroyable, la tension palpable. Nous avons tous égrainé le compte à rebours devant la télévision : 6, 5, 4, 3, 2, 1 et c'est le visage de Nicolas Sarkozy qui est apparu sur l'écran. J'étais surpris par sa sérénité. Il était prêt. Plus tard au Fouquet's il m'a quand même glissé discrètement à l'oreille : « Tu te rends compte, Fabrice, je suis président de la République ! »

De ce jour, nos rapports se sont espacés. Moins de place sur son agenda. Il y a quelques mois, j'ai encore été convié à un déjeuner dans ses appartements de l'Élysée. Deux de ses amis musiciens étaient présents, ainsi que son fils Pierre. À la fin du déjeuner, il m'a posé la même question que tout le monde : « Alors, Fabrice, tu continues l'année prochaine ? »

2.

COULISSES

La jungle du monde pro

Il ne faut pas faire d'angélisme, croire que nous sommes une bande d'amis. Les vraies amitiés sont rares, les fausses beaucoup plus fréquentes. Nous avons tous une seule idée en tête, gagner. Les enjeux d'ego et d'argent sont trop importants pour qu'ils n'influent pas sur les relations humaines. La jalousie et l'hypocrisie règnent dans le monde pro. Combien de fois ai-je été félicité par un joueur, un entraîneur, après un match gagné, sans être dupe de leur sincérité ! Chacun veut la place de l'autre, c'est le jeu. Des centaines de joueurs s'entraînent tous les jours pour prendre la mienne. Et je sais qu'ils y arriveront. Sentir que rien n'est acquis fait aussi partie de la beauté de ce métier. Tous les lundis le classement est mis à jour et l'ordre des places change en fonction des résultats. Certains entrent dans le top 100, d'autres le quittent. Pour ceux-là c'est un drame. Faire partie de l'élite des cent premiers mondiaux est une référence qui permet de participer aux quatre tournois du grand chelem. Cette concurrence terrible explique la complexité des relations humaines sur le circuit. Je n'ai jamais souhaité me fondre dans la masse pour plaire à tout le monde, préférant gérer mon métier à ma façon, avec exigence. Quitte à rester en marge en dissociant vie professionnelle et vie privée. Fréquenter des gens différents m'a permis d'ouvrir mon horizon. Les sujets abordés entre joueurs en tournoi, lorsque l'on s'ennuie ferme entre deux matchs, sont les filles, les bagnoles, l'argent, le tennis et… encore les filles. Rester à l'écart m'a valu d'être considéré comme trop perso et trop secret.

Mon image auprès des joueurs français a aussi été écornée par la coupe Davis, j'y reviendrai. J'ai reçu des coups, j'ai été blessé et je n'ai sans doute pas réagi de la meilleure façon. Je me suis fermé, je me suis méfié et je n'ai plus rien donné. En voulant me protéger de la dureté de ce milieu où chacun passe et disparaît, où ceux qui se blessent ou qui arrêtent se retrouvent seuls et oubliés, j'ai eu du mal à me faire aimer.

Peu de joueurs ont compté dans ma vie. J'ai des échanges complices avec Roger Federer, sur ses victoires plus que sur les miennes ! De bons souvenirs d'entraînements et de dîners avec Stanislas Wawrinka et Yves Allegro. Avec Rainer Schuettler nous avons un code amical. À chacune de nos rencontres je lui dis : « Salut, le Schleu ! » Il me répond : « Comment ça va, grenouille ? » J'aime bien l'attention et la gentillesse d'Andy Murray et de Jonas Björkman. En revanche, je supporte mal l'arrogance de Tomas Berdych et de Marcel Rios ou l'hypocrisie de Tommy Robredo. Côté français, malgré nos rapports en dents de scie, j'ai aimé ma relation avec Yannick Noah, certes épisodique mais toujours généreuse. Je considère Amélie Mauresmo comme ma meilleure copine sur le circuit et je me sens proche d'Arnaud Boetsch, de Nicolas Mahut et de Mika Llodra. J'ai aussi un bon contact avec la nouvelle génération de joueurs français, les Gasquet, Tsonga, Monfils, Simon ou Chardy pour qui je suis un aîné à qui ils peuvent demander conseil. Aujourd'hui, les relations se sont apaisées, sans doute me suis-je détendu avec la maturité. De leur côté, les joueurs ne me considèrent plus comme un rival, mais comme un ancien dont ils vont bientôt être débarrassés. Ma longévité m'a fait gagner leur respect.

Richard, mon petit frère

Richard Gasquet a une place à part dans mon univers affectif. Nos quatorze ans d'écart n'empêchent pas une relation forte, fondée sur ce qui nous rapproche. Nous avons tous les deux une pointe d'accent qui rappelle nos origines méditerranéennes. Il a grandi à Sérignan, dans l'Hérault, moi à La Seyne-sur-Mer, dans le Var. Nous avons tous les deux été entraînés par nos pères. Précoces l'un et l'autre, les regards se sont très tôt tournés vers nous. Nous avons eu du mal à assumer cette mise en lumière. Nous avons été considérés comme des jeunes prodiges et, malgré d'excellents résultats obtenus dans nos premières années de carrière, nous avons toujours eu l'impression de décevoir, avec la sensation insupportable que nos résultats ne suffiraient jamais.

Nous avons été formés à être champions, mais nous n'avons pas appris toutes les règles du métier. Personne ne nous a enseigné la communication. Il m'a fallu du temps pour comprendre que bien communiquer protège, et mal communiquer expose. Les maladresses de Richard me rappellent les miennes. J'ai appris en recevant des coups. Il est en train d'apprendre.

Fin 2008, juste avant le tournoi de Bercy, suite à une saison très décevante, il a répondu à un journaliste qui lui demandait s'il était prêt : « Vivement que je perde pour partir en vacances. J'en ai marre de cette saison. » Cette réponse lui a valu, évidemment, une volée de critiques. Il donnait l'impression de se moquer de tous ceux qui allaient payer pour le voir jouer à Bercy. Sans le féliciter pour ses propos, j'ai pourtant compris ce qu'il voulait dire et ce qu'il aurait dû dire : « Je suis déçu par ma saison 2008. J'ai hâte de partir en vacances pour rebondir en 2009. » Le fond est le même, mais la forme très différente. À seize ou même dix-huit ans, j'aurais pu, avec la même naïveté, croire que l'on peut s'adresser aux journalistes comme l'on parle à ses potes. Je sais aujourd'hui qu'il ne faut pas leur demander de décoder, ils restituent ce qu'ils ont entendu. J'ai toujours considéré Richard comme mon petit frère et il s'est toujours confié à moi comme à un aîné très proche. Nous ne nous sommes jamais positionnés en concurrents. Il sait que je serai toujours disponible pour le guider dans les méandres du métier.

9 mai 2009. Dans le train qui me conduit au tournoi de Bordeaux, un joueur français m'apprend que Richard a été contrôlé positif à la cocaïne au tournoi de Miami. « La nouvelle, me dit-il, vient de tomber. » Je ne peux pas le croire. Je pense à une rumeur, à une erreur, à une mauvaise information. Quand nous arrivons, la nouvelle est confirmée. Je n'en reviens pas. Je connais Richard depuis plus de quinze ans, je connais son hygiène de vie, son sérieux. Si on me dit tennis et cocaïne, ce n'est vraiment pas à lui que je pense. Je n'ai qu'un désir, lui parler pour qu'il sache que je suis là, proche de lui.

Je l'appelle dans la soirée, j'ai en ligne un gamin effondré. Il ne comprend pas ce qui lui tombe dessus. Je lui parle avec mes mots de grand frère. Je sais tellement ce qu'il peut ressentir. Tout son monde s'écroule. Depuis l'âge de cinq ans, il ne vit que pour le tennis. Depuis la couverture de *Tennis Magazine* quand il avait neuf ans, il ne s'est pas passé un jour sans qu'il pense à sa carrière. Et tout d'un coup il entend : « Tu n'as plus le droit de jouer. » Lui qui a du mal à affronter le regard des autres tant il est timide et introverti est montré du doigt par la France entière. Il m'apprend qu'il n'ose pas sortir de chez lui, qu'il se terre. Des paparazzi font le guet devant sa porte.

De ma chambre d'hôtel à Bordeaux, j'allume la télévision pour regarder le journal de 20 heures. Après avoir évoqué en ouverture le cas Gasquet, le journaliste enchaîne avec un sujet sur la cocaïne. On voit à l'image la photo volée de Kate Moss sniffant une ligne de coke, le chanteur des Village People défoncé, Amy Winehouse titubant... et mon petit frère. La presse écrite n'est pas plus nuancée. Il est présenté comme un drogué ou un dopé.

Les journalistes font l'amalgame. Ils mélangent le dopage qui aide à améliorer les performances et la cocaïne. Ils doivent remplir des colonnes et des minutes d'antenne très vite, et écrivent des monceaux d'âneries. Qui resteront malheureusement dans l'esprit de ceux qui les lisent ou les regardent. Les chiffres les plus fantaisistes circulent sur le taux réel qui a été décelé dans ses urines. De *Libération* à *L'Équipe*, les médias confondent milligrammes et nanogrammes et certains multiplient même par mille le taux réel ! La seule information vérifiée, c'est qu'il y avait d'infimes traces de cocaïne dans ses urines. Et il est conduit à l'abattoir. Les plus malintentionnés font le lien entre son enfance de star précoce, ses récents mauvais résultats, et une descente aux enfers qui expliquerait l'utilisation de drogue. Je n'ai jamais pris et ne prendrai jamais la défense d'un tricheur ou d'un consommateur de drogue, même épisodique. J'ai toujours eu une hygiène de vie irréprochable, je n'ai jamais touché une substance quelconque, j'ai toujours été vigilant sur mes fréquentations et mes sorties et, pourtant, je ne peux pas adhérer une seule seconde à l'hypothèse que toute la presse avance.

En voyant ce déchaînement médiatique, je me dis qu'à l'issue de cette épreuve, quelle que soit la sanction, il ne sera plus jamais le même. Et il aura besoin du soutien de tous ceux qui l'aiment. Quand j'entends un ancien joueur déclarer, après avoir accablé Richard, qu'il a dit à son fils :« Si tu touches à ça, t'en prends une tout de suite », j'ai envie de lui répondre : « Henri, si ton fils faisait tous les gros titres de la presse et des journaux de 20 heures sur toutes les chaînes, si ton fils était montré du doigt et sali, je pense qu'il aurait, avant tout, besoin d'une chose : que tu le prennes dans tes bras. »

Nos différences

J'ai connu Nadal quand il était tout jeune. À dix-huit ans, il avait du mal à regarder ses interlocuteurs dans les yeux, il ne savait pas s'exprimer devant un micro et ne parlait pas un mot d'anglais. J'ai en mémoire une réunion de l'ATP réunissant les 100 meilleurs joueurs, où avait été diffusée une interview de Nadal en anglais. Toute la salle était écroulée de rire tellement son accent espagnol rendait ses propos incompréhensibles. C'était à l'époque un enfant timide. Mais dès qu'il franchissait la porte de l'arène, il devenait un taureau. Incapable d'être à l'aise face à un seul interlocuteur, il se sentait dans son élément devant 15 000 personnes.

Le gamin devient un homme et l'homme devient un champion quand il entre sur un court. Une vraie transformation. Je suis moi-même très différent en tournoi et hors tournoi. D'un tempérament facile à vivre dans mon quotidien, en compétition je deviens irritable et tendu. « Tu n'es pas le même », me disent mes proches. Ils ont du mal à réaliser qu'un tournoi, c'est mon univers professionnel, mon bureau. Comment ne pas être tendu lorsque, sur votre lieu de travail, vous êtes dérangé en permanence ? C'est ce qui se passe pour moi, en particulier dans les travées de Roland-Garros. On m'arrête pour me taper sur l'épaule, me faire la bise, me demander un autographe, une photo avec madame, une invitation pour la finale, alors que je n'ai qu'une seule idée en tête, le prochain match, et que ma concentration est essentielle.

Le champion est un être à part et son métier de sportif de haut niveau réclame des qualités particulières mais implique aussi, malheureusement, quelques défauts qui lui sont propres. Je détiens le record du match le plus long. Est-ce normal de se battre six heures trente-cinq ? Est-ce normal de continuer à s'entraîner chaque jour, dans le seul but de vaincre l'autre, et de chercher à progresser encore après vingt et un ans de carrière ? Non. Il faut être une tête de mule.

Le public proche du terrain est parfois étonné des jurons qui nous échappent en plein match, avec une impressionnante richesse de vocabulaire, des balles balancées vers le ciel dans un geste de rage, et des raquettes jetées au sol. Mais il faut comprendre que nous pouvons devenir fous pour une erreur de débutant ou un point capital perdu ! Ce métier nous met, au sens propre, hors de nous. Si l'on regarde attentivement un grand joueur lors d'un match important, on se rend compte à quel point son comportement est étrange. Agité de tics, entre chaque point il tire sur son short, son polo ou l'élastique de son slip, comme Nadal, touche la visière de sa casquette à tout instant, replace en permanence une mèche imaginaire derrière son oreille ou pousse des râles de bête sauvage en frappant dans la balle. En dehors du court, on l'estimerait à la limite de l'internement psychiatrique ! Possédé par le jeu et l'enjeu, tout son être est tendu vers un seul objectif, gagner le point. Pendant des heures, il garde le regard rivé sur la balle pour suivre sa trajectoire. Même le public, qui est assis tranquillement, ne tient pas si longtemps. Il s'agite, discute avec son voisin, se lève, va aux toilettes...

Pour arriver au plus haut niveau dans un sport individuel, il faut, d'une certaine façon, être anormal. Nous vivons, sur de très courtes périodes, dans une tension que peu d'êtres humains supporteraient sans craquer. Un match est un enchaînement de problèmes à résoudre. À la question « Quel coup vais-je jouer, là ? » il faut une réponse immédiate. Nous avons un dixième de seconde pour réfléchir. De ces bons ou mauvais choix dépend la victoire ou la défaite. Il faut une force mentale à toute épreuve pour résister à cette pression en continuant à se battre sur chaque point sans faiblir, courageusement, sans connaître l'issue de la partie. J'entends souvent dire, après la défaite d'un joueur français : « Il n'a pas de mental. » Quelle erreur de jugement ! Tous les champions ont un mental hors-norme. Certains sont juste un peu moins hors-norme que les autres.

L'assurance nous fait croire en nos chances, mais trop d'assurance peut nuire à la vigilance. Le mélange de ces deux sentiments contradictoires, l'assurance et l'humilité, est indispensable au mental du grand champion. Il perd presque chaque semaine, son ego est chaque fois écorné, mais il doit repartir. Se remettre toujours en question en gardant sa motivation est le secret de la réussite. En 1996, j'avais un genou et demi à terre. Je me suis relevé en analysant mon jeu et mes échecs. Avec l'envie forcenée de m'en sortir.

Tous les champions ont un jour douté de leurs facultés à réussir. Travailler dur est une nécessité mais l'on ne sait jamais si ce travail paiera et à quel moment. Lorsqu'il m'arrivait de ressentir une certaine lassitude, je m'imposais des tournois moins agréables. Simplement pour me rendre compte de ma capacité à me battre quand les conditions n'étaient pas optimales. Une façon de tester ma motivation. C'est ainsi qu'à l'été 2005, j'ai décidé d'aller jouer à Poznan, à deux heures de route de Varsovie, pour disputer un tournoi challenger, un tournoi secondaire. J'avais envie de me mettre à l'épreuve. Je cherchais des réponses sur la suite à donner à ma carrière. Je savais que, dans ces conditions-là, je les trouverais. Quelques jours plus tard, après trois matchs disputés avec un engagement total dans des conditions difficiles, j'ai eu ma réponse : ma motivation était intacte.

Tous les échecs, les passages à vide, les moments de doute, les traumatismes petits ou grands nous ébranlent. Je me sens parfois comme un enfant qui aurait pris des fessées jusqu'à trente-six ans. Seuls les plus forts repartent au combat. Il m'est arrivé, après une défaite, de traîner dans les vestiaires jusqu'à ce que je sois prêt à affronter le regard des autres. Je me sentais coupable, comme si j'avais commis une faute, alors que j'étais simplement vaincu. Avant les proches, les amis, le public, nous devons affronter les journalistes. Lors de la conférence de presse qui suit chaque match, il faut s'expliquer, se justifier, voire se défendre, comme si nous ne nous étions pas assez défendus sur le terrain.

Pour garder notre sérénité, il faut avoir le sentiment d'avoir rempli notre contrat. J'ai le sentiment de l'avoir rempli. À mon âge, en fin de carrière, chaque défaite est prévisible et chaque victoire est un exploit.

Nous subissons des critiques permanentes, mais nous croulons aussi sous les compliments et les encouragements. Ils nous sont utiles. Pour poursuivre dans notre voie, nous avons besoin de nous savoir aimés. Nous devons simplement garder assez de distance et de simplicité pour ne pas oublier que ces marques d'affection ne s'adressent pas à l'homme, mais au champion, et qu'elles dureront le temps des victoires, l'espace d'une carrière.

Mon mode de vie

En près de vingt-cinq années de professionnalisme, je n'ai jamais dormi plus de trente jours d'affilée dans mon lit ! Nous mangeons au restaurant matin, midi et soir. Je sais que beaucoup de Français regrettent de ne pas s'y rendre plus souvent, mais moi je préfère un mauvais plat chez moi qu'un bon plat au restau et j'aime mieux ouvrir mon frigo que la carte qu'on me présente. En début de carrière, on n'y pense pas. Tous les jeunes joueurs rêvent d'enchaîner les tournois sans savoir quelle vie les attend. Beaucoup de Français se plaignent de la routine de leur quotidien. Moi j'ai parfois eu envie de routine. Tous les gestes que la plupart des gens font de manière exceptionnelle au moment d'un départ en vacances, donner son passeport à un douanier, déposer ses bagages sur un tapis d'aéroport, faire un *check in* et un *check out* dans un hôtel, je les ai répétés des centaines de fois. C'est ça ma routine, les aéroports et les hôtels. Lors de mon premier voyage lointain, à Perth en Australie à quinze ans, après avoir déposé ma valise dans ma chambre d'hôtel, j'ai regardé par la fenêtre. Prenant conscience de la distance qui me séparait de chez moi, de ma base, j'ai fondu en larmes. Aujourd'hui, il m'arrive parfois de me réveiller en plein vol et de ne plus savoir vers quelle destination se dirige l'avion dans lequel je suis installé !

Quand j'ai commencé mes premiers voyages, il y avait encore en Europe une monnaie par pays. Je me souviens que mes parents me donnaient des traveller's checks pour mes voyages aux États-Unis. Plus tard, mon portefeuille a débordé de billets de toutes les tailles et de toutes les couleurs. Sans compter les conversions compliquées que je devais effectuer en permanence. Le passage à l'euro a considérablement allégé mes déplacements dans les pays limitrophes. Autre changement majeur, les moyens de communication modernes, l'ordinateur, Internet et le téléphone portable. J'ai connu les appels en PCV du bout du monde, les cabines avec les pièces, puis avec les cartes. Je ne suis pas sûr que j'aurais supporté longtemps de ne pas avoir un lien plus facile avec mes proches. Aujourd'hui je vis avec mon Blackberry qui n'est jamais posé à plus de quelques centimètres de ma main. J'y inscris mes réservations d'avion et d'hôtel, mes horaires d'entraînement, et tous mes rendez-vous. Il fait surtout office de cordon ombilical. Il me relie à mes parents, à ma fille, à tous mes proches, à mon univers affectif.

Quand ils m'appellent, mes amis ne savent jamais sur quel continent je suis. Leur première question dès que je décroche est comme un rituel : « Tu es où, là ? » Je cite rarement le pays où je joue. Si je réponds « en Europe », cela signifie dans ma bouche : « Je suis à côté, je peux être là dans deux heures. » Les pays et les distances n'ont pas le même sens pour les nomades que nous sommes. En cette année 2009 j'ai joué sur les cinq continents durant les cinq premiers mois de l'année. Je subis de véritables chocs culturels lorsque, pendant trois semaines de compétitions, je joue successivement à Bangkok, Metz et Moscou.

Grâce à ces voyages, j'ai eu la chance de me trouver parfois en plein cœur des bouleversements de notre monde, de vivre l'Histoire presque en direct : j'ai joué à Berlin en 1990, juste après l'effondrement du Mur, à Bucarest après la chute de Ceausescu, à Moscou après l'éclatement de l'URSS, ou à Shanghai dans une Chine en plein essor. La dernière année de ma carrière j'ai eu le privilège de disputer le premier tournoi jamais organisé à Soweto en Afrique du Sud, le ghetto de Nelson Mandela avant son incarcération.

Notre sport est celui qui demande la plus grande faculté d'adaptation. Au climat, au décalage horaire, à la surface, aux aléas de nos résultats... Nous jouons sur gazon, sur terre battue ou sur dur, en salle ou à l'extérieur, avec des balles sans cesse différentes. Sans savoir quel jour nous jouons, ni à quelle heure, ni contre qui, ni combien de temps durera le match ou le tournoi. Le juge-arbitre fait le planning la veille pour le lendemain, une fois les matchs du jour joués. Aucun joueur de tennis ne peut prendre un vol aller-retour à dates bloquées. Nous arrivons généralement deux jours avant le début du tournoi pour passer deux nuits sur place et sentir l'ambiance, et nous repartons... après avoir perdu. Le tennis a cette potentialité : même les meilleurs perdent chaque semaine. Un seul joueur repart content, celui qui a gagné la finale. Rien ne peut être planifié à long terme, ce qui a beaucoup compliqué ma vie de famille. Dans toute ma carrière, je n'ai passé que deux réveillons du jour de l'an chez moi !

Nous vivons en permanence entre deux décalages horaires, comme en apesanteur, sans savoir très bien s'il est l'heure de manger ou de dormir. Je n'ai jamais pris de pilule quelconque pour atténuer l'effet du décalage horaire, j'ai la chance de peu en souffrir, ou de m'être adapté inconsciemment.

En début de carrière, j'avais besoin du noir total pour dormir et je scotchais les rideaux des hôtels. C'est fini depuis longtemps, je dors n'importe où quand mon organisme en a besoin, même les veilles de grands matchs. Pour un joueur de haut niveau, un sommeil réparateur est aussi important qu'un bon revers. Celui qui a besoin d'un matelas mi-dur et d'un lit de 160 cm pour bien dormir doit tout de suite changer de métier. Même si les hôtels où nous descendons sont souvent luxueux, nous devons nous adapter dès la première nuit à la qualité du couchage et aux bruits ambiants.

Nous sommes trimballés de ville en ville avec nos sacs. Que je parte une semaine ou un mois, je remplis le mien de la même façon : plusieurs paires de tennis par semaine qui terminent leur vie à la poubelle, détruites après quatre, cinq jours de matchs ou d'entraînements, six raquettes exactement du même poids au gramme près, et toutes équilibrées de la même façon. Je les numérote de un à six de manière à les faire corder en alternance. Ainsi elles ont toutes le même rythme de vieillissement. Chaque trimestre je renouvelle mes six raquettes. Les usagées sont offertes à différentes causes que je soutiens.

J'ai aussi dans mon sac trente pochettes de cordages, trente paquets de grips, quatre bidons de poudre pour mes boissons et, dans une petite poche, des souvenirs de ma fille, des dessins, des colliers et des coquillages... Mon sac, c'est l'attaché-case de l'homme d'affaires, mon outil de travail et un peu de ma maison.

Le monde du tennis c'est comme un cirque qui se déplace. Les joueurs sont les artistes, les hôtels leur caravane et la piste c'est le court entouré de gradins. Il ne manque que le chapiteau. Nous nous déplaçons en bande et sous toutes les latitudes. Que ce soit à Melbourne, à Miami ou à Paris, nous croisons toujours les mêmes arbitres, les mêmes journalistes, et les mêmes joueurs. Nous avons nos adresses, toujours les mêmes, dans tous les pays qui nous accueillent, pour avoir un peu l'impression de se retrouver chez soi, de garder des repères. Si je croise Tsonga dans un restaurant à Bangkok, je vais lui demander : « Quand est-ce que tu es arrivé ? » Si je le croise dans un bistrot du pont de l'Alma à Paris, je vais lui dire : « Qu'est-ce que tu fous là ? »

Le joueur de tennis est un solitaire, et je le suis peut-être un peu plus que les autres. Je n'aime pas les grandes tablées de joueurs, j'ai longtemps dîné en tête à tête avec ma compagne ou mon entraîneur. Depuis que je suis séparé et que je n'ai plus d'entraîneur, je dîne seul le plus souvent, en me faisant livrer un room-service. Pas très gai comme soirée, mais heureusement je suis toujours accompagné de mes deux meilleurs amis, mon ordinateur et mon Blackberry.

Ce mode de vie implique forcément quelques imprévus, quelques galères. Un passage obligatoire pour apprendre son métier et gravir les échelons. Nous avons tous connu des vols retardés qui obligent à dormir par terre dans un aéroport, des hôtels lugubres qui filent le cafard. L'année de mes vingt et un ans, après avoir perdu salement à Roland-Garros au deuxième tour, j'ai accepté, pour oublier vite ma défaite, de participer au tournoi de Tachkent, en Ouzbékistan. Par bonheur, il n'existe plus aujourd'hui. C'était à l'époque le lieu le plus sinistre du monde. L'hôtel avait les vitres cassées et, dans la chambre de trois mètres sur deux, le lit reposait sur un sommier en béton. Le lendemain matin, au petit-déjeuner, j'ai eu droit à du café et du pain. Ni beurre, ni confiture, ni jus de fruits. Sans exiger d'être logés dans le luxe, nous avons besoin d'un minimum de confort pour jouer dans de bonnes conditions. Le lendemain, ma défaite a été ma délivrance.

Avec près de vingt-cinq ans de voyages autour du monde, je ne compte pas les vols surbookés que je n'ai pas pu prendre ou les chambres d'hôtel non réservées. Plus ennuyeux, les vols dans les bagages. Quand j'ai récupéré mon sac sur le tapis de l'aéroport de Montevideo en Uruguay, j'ai été étonné de son faible poids. Mauvaise surprise en l'ouvrant, mes quatre paires de baskets avaient disparu. J'ai juste eu le temps d'aller dans un magasin de sport acheter une paire d'une marque locale avant de jouer. Un changement de chaussures, ce n'est pas anodin à notre niveau. Cela signifie un changement d'appuis qui peut entraîner une blessure. Quelque temps après, sur un vol Paris-Stuttgart la compagnie a perdu mon sac que j'avais mis en soute. Je devais jouer le lendemain et je n'avais plus mon équipement, pas mes raquettes, rien. Notre raquette, c'est le prolongement de notre main, et il est très difficile de s'adapter à un changement. Moi, j'ai la même depuis douze ans. J'en ai changé quand les raquettes rallongées ont fait leur apparition sur le circuit. C'était une aubaine pour moi, parce qu'à cause de mon gabarit je manquais un peu de puissance. J'ai choisi un manche rallongé de deux centimètres et demi et cet ajout m'a énormément aidé pour mon service, ma frappe de balle et la couverture du terrain. Une différence pourtant minime mais qui ne donne pas le même bras de levier. J'ai emprunté une raquette qui n'était pas trop différente de la mienne et à laquelle je pensais pouvoir m'adapter, mais je n'étais pas dans mes pompes au sens propre. Jouer avec celle d'un autre équivaut à perdre le match avant de l'avoir commencé. Nous connaissons toutes les finesses de réaction de notre raquette à la frappe. On peut taper des balles avec d'autres raquettes à l'entraînement, mais pas en compétition. Impossible de servir avec précision, de jouer un amorti au millimètre ou de frapper un coup à pleine puissance sans connaître sa réaction. J'ai connu une défaite rapide et un retour tout aussi rapide à la maison. Bien entendu lorsque mon sac est arrivé à Stuttgart j'étais déjà rentré à Paris !

À Bogota, j'ai cru mourir. J'étais parti avec mon père. On nous avait recommandé de ne pas sortir de l'hôtel pour des raisons de sécurité. Le premier soir, nous dînons à l'hôtel. Le deuxième soir nous dînons à l'hôtel. Le troisième soir, n'en pouvant plus, j'insiste auprès des organisateurs du tournoi pour qu'ils nous indiquent un lieu où nous pourrions aller dîner sans risque. Ils nous conseillent la pizzeria d'un centre commercial très récent : « Vous pouvez y aller avec un chauffeur du tournoi, vous ne craindrez rien. » À la fin du repas, une fusillade s'est déclenchée dans une bijouterie proche de notre restaurant. Entourés de cris et de larmes, nous sommes restés, mon père et moi, couchés sous la table pendant une heure et demie en entendant les balles siffler.

Partir dans l'inconnu, avec ses risques, fait aussi partie de la richesse de ce métier. Ce sont ces moments où nous avons dû nous sortir de situations difficiles, où nous nous sommes fait peur qui nous ont aidés à nous construire. La plupart du temps nous vivons choyés et assistés, les galères nous replongent dans la réalité et nous obligent à réagir en adultes.

Cette façon de vivre particulière donne au joueur de haut niveau un regard différent sur le monde. Voyager autant protège de l'intolérance et empêche de se replier sur ses frontières. Qu'elles soient géographiques ou mentales. Nous ne partageons pas la culture commune des Français, nous ne sommes pas toujours au courant de ce qui les fait vibrer ou les inquiète. Le dernier fait divers a pu nous échapper comme le dernier tube ou la nouvelle émission de télé. Quant à nos vêtements, nous ne les achetons pas dans les magasins à la mode, mais bien souvent dans les boutiques d'aéroport quand l'avion a du retard. Nous ne plaçons pas le curseur des valeurs au même endroit que les autres. Pas de temps à perdre à se plaindre, à s'agacer, à se disputer. Lorsque nous rentrons à la maison, que nous retrouvons notre famille et nos amis entre deux voyages, quand la tension de la compétition est retombée, nous allons tout de suite à l'essentiel. L'essentiel, c'est d'être joyeux et heureux ensemble. À force de vivre dans ce monde à part et d'avoir pris autant d'avions, j'ai l'impression d'avoir appris la légèreté.

Les filles

Bergame, mars 2009. C'est un petit tournoi que j'aime par amitié pour son organisateur et parce que le public italien me connaît et me soutient avec beaucoup de chaleur. En quart de finale, je suis opposé à un Tchèque inconnu. Je me fais surprendre par sa vitesse de balle inattendue et perds sèchement en deux sets. Dans mon lit, j'ai du mal à m'endormir. Je rejoue le match dans ma tête, cherchant comment j'aurais pu contrer mon adversaire, quelles erreurs j'ai commises. Ruminer une défaite, seul dans la nuit d'une chambre d'hôtel à l'étranger, fait aussi partie de la vie de joueur. Ce ne sont pas les meilleurs moments.

La petite musique de mon téléphone portable me signale un texto. À 1 h 30 du matin. Une jeune femme, qui se présente comme hôtesse sur le tournoi, propose de me rejoindre. Je ne saurai jamais qui elle a soudoyé pour avoir mon numéro. Je n'ai pas accepté qu'elle vienne. J'avoue l'avoir fait parfois.

Lorsque l'on a une petite notoriété, on devient beau. Je dis souvent en souriant que je suis plus beau à Paris (ou à Bergame) qu'à Copenhague où personne ne me reconnaît. Les filles sont parfois très entreprenantes avec les sportifs. Certaines voyagent dans toute l'Europe pour nous suivre, fascinées par le short, la sueur, la souffrance sur notre visage, qui sait… et nous font des avances directes. Jean-Jacques Goldman a écrit une magnifique chanson sur les filles faciles « pour qui faut pas tout un débat ni pour le haut ni pour le bas, pour qui ne suffit qu'un regard pour que tout s'allume en un soir… ».

Nous nous sommes tous laissé séduire un soir ou un autre. La vie de tennisman de haut niveau est une vie d'errance. D'errance de luxe, souvent dans des palaces, avec pour horizon un court de tennis. Difficile de résister aux sublimes créatures qui vous font du charme.

J'ai vécu douze ans en couple, avec la chance de voir souvent ma compagne sur les gradins des tournois du monde entier. Mais pendant mes périodes de célibat j'ai connu des rencontres sans lendemain. Il manquait les étapes merveilleuses de la séduction. C'est l'incertitude qui fait la beauté du jeu de l'amour. La notoriété fausse toutes les relations. Ce n'est pas avec une fille qui crie mon nom pendant le match, et m'attend à la sortie du terrain, que je vais faire des enfants.

Curieusement, je n'ai jamais eu de relation autre qu'amicale avec une championne du circuit. Cette vie de nomade réunit forcément joueurs et joueuses. Leurs deux solitudes se rejoignent. Certains et certaines ont un beau palmarès, connu de tous. Je suis peut-être trop secret. Je n'ai aucune envie que l'on parle de mes conquêtes dans les vestiaires. J'aurais l'impression de sortir avec une copine de bureau ! En revanche, j'ai parfois capté le regard d'une inconnue sur les gradins. Et j'ai joué toute la partie pour elle, pour ce regard-là. Une relation furtive et virtuelle l'espace d'un match.

Lorsque j'ai participé à l'Open d'Australie, en janvier 2009, j'étais amoureux. Je savais qu'elle suivait mes matchs à la télévision. Les commentateurs et le public ont été surpris par la qualité de mon jeu et ma détermination. J'étais le seul à savoir ce qui me donnait des ailes, et je me suis surpassé pendant tout le tournoi pour lui plaire.

Depuis ma première amoureuse lorsque j'avais dix-sept ans, la jolie Sylvie qui, dans mon souvenir, ressemblait à Sophie Marceau, je n'ai jamais séduit une femme qui ignorait qui j'étais. Je n'ai plus, depuis bien longtemps, eu l'occasion de me présenter en disant mon nom et, plus tard dans la soirée, d'évoquer ma profession en répondant à cette question simple : « Et toi, que fais-tu dans la vie ? » À chaque rencontre, je joue le rôle attendu, celui du joueur qui raconte en détail ce qui est déjà su. Lorsque j'aurai arrêté le tennis, lorsque je serai moins exposé, saurai-je encore séduire ? Aurai-je assez confiance pour ne compter que sur moi-même ?

Le business du tennis

Un joueur professionnel qui fait partie comme moi des cinquante meilleurs joueurs mondiaux perçoit des gains importants qui proviennent de trois sources : les sponsors, les tournois et les exhibitions.

Lacoste a été mon premier sponsor. Depuis vingt-cinq ans je suis fidèle au crocodile dans une relation particulière et personnelle avec cette famille. Ils ont misé sur moi très tôt et nous avons une fidélité réciproque. Mis à part ce cas particulier, je suis très conscient d'être un produit qui rapporte. Mais dès qu'un autre joueur rapportera plus, ce produit sera périmé et on me jettera. Sans états d'âme. À mon niveau, nous sommes tous des barils de lessive.

Un contrat avec un sponsor impose quelques contraintes. Légères au regard des sommes en jeu : porter leurs vêtements sur le court et en dehors du court et bien les porter. Si possible propres et repassés...

Avec le temps, j'ai pu avoir envie, lors d'un dîner avec des copains, de m'habiller autrement. J'y suis autorisé, et ça m'arrive. Je fais parfois les boutiques où je paie comme tout le monde ce que j'achète. Mais le moindre des respects vis-à-vis de la marque qui m'apporte son soutien demande d'éviter d'arborer des vêtements d'un concurrent. Un photographe peut prendre un cliché à l'improviste. S'il est publié, j'aurai droit à un avertissement de mon sponsor.

Pour les mêmes raisons, toute ma famille, qui peut être filmée sur les gradins lors des matchs importants, est habillée gratuitement par mon sponsor. Il ne doit pas y avoir de fausses notes dans les rangs des Santoro.

Les gains les plus importants proviennent bien sûr des tournois. Nous sommes payés pour participer, avant même d'avoir joué ! Entre 3 000 et 12 000 euros selon l'importance du tournoi. Les meilleurs joueurs du monde, les têtes d'affiche, perçoivent en plus ce que l'on appelle une « garantie ». Autrefois il s'agissait de dessous-de-table, aujourd'hui c'est une pratique officielle mais rarement divulguée. Les sommes sont considérables. Agassi et Sampras hier, Federer et Nadal aujourd'hui sont très bien cotés. Si les organisateurs de tournois veulent se les offrir, ils doivent verser plusieurs centaines de milliers d'euros.

Les autres ne peuvent compter que sur leurs résultats pour empocher des gains. Les tournois du grand chelem sont de loin les mieux dotés : L'Open d'Australie offre 800 000 euros au vainqueur, Roland-Garros 1 million d'euros. C'est colossal, mais certains joueurs se plaignent, estimant que les montants reversés à ceux qui font le spectacle ne sont pas suffisants au regard des bénéfices réalisés par les tournois. En dehors des quatre tournois majeurs, Dubaï est l'un des plus courus : il rapporte 300 000 euros au vainqueur.

Le tennisman est un travailleur indépendant dont la carrière dure en moyenne dix ans. Je suis une nouvelle fois atypique puisque je suis professionnel depuis 1989. En vingt ans, mes gains en tournoi ont été de 300 000 euros par an en moyenne. Bien sûr nous prenons à notre charge tous nos frais, salaires de l'entraîneur, du préparateur physique, du kiné, plus les avions, les hôtels, et les restaurants...

Un pourcentage des gains des tournois placé sur un fonds de pension nous permet de percevoir une retraite à quarante-neuf ans et pendant vingt ans, c'est-à-dire jusqu'à soixante-neuf ans. Quatre ans après l'âge où la plupart des travailleurs français prennent leur retraite, les joueurs de tennis n'y ont plus droit. Ceux qui ont fait ce calcul doivent penser qu'un tennisman meurt jeune. Pour en bénéficier, il faut avoir joué douze tournois majeurs dans une année pendant cinq ans. Depuis vingt ans, j'ai joué douze tournois majeurs chaque année.

Aux gains des tournois s'ajoutent les primes pour les exhibitions. Selon sa valeur, calculée en fonction du classement mais aussi de sa capacité à remplir les salles, le joueur est plus ou moins bien payé pour y participer. J'ai eu peur durant toute ma carrière de me blesser et de ne plus pouvoir exercer mon métier. Mon corps a toujours été assuré, mais depuis plusieurs années aucune assurance n'accepte de me couvrir parce que je suis trop vieux. Même à la retraite un bon joueur reste coté et a la possibilité de disputer des exhibitions. Les plus grands peuvent demander des sommes folles, on parle de 1 million de dollars par exhibition. Mais à côté combien galèrent ? Un joueur classé 150e mondial est un excellent joueur. Il vit de son sport, mais mal, sans sponsor, sans match-exhibition et sans reconnaissance. Dans le monde, une petite dizaine de joueurs gagne d'immenses fortunes et une cinquantaine vit très bien du tennis. C'est peu. J'ai eu la chance de faire partie des heureux élus.

Les minutes d'avant match

Il n'est pas imaginable que deux équipes de foot partagent les mêmes vestiaires avant et après le match. Il y aurait du sang sur les murs ! Voilà pourtant ce qui se passe dans le tennis. Les joueurs sont ensemble avant d'entrer sur le terrain et prennent ensuite leur douche côte à côte, après s'être affrontés. Dans ce lieu communautaire, plus ou moins grand et confortable selon les tournois, on apprend tout de l'adversaire : comment il aborde le match, prépare ses raquettes, se concentre, s'étire ou s'échauffe. Est-il nerveux avant, agressif après ? Est-ce qu'il a des échanges virulents avec son entraîneur ? On découvre les dessous des joueurs dans tous les sens du terme. La pudeur des Américains cachés sous la douche et la décontraction des Latins qui se baladent nus dans les vestiaires. Dans ma vie j'ai vu plus de mecs à poil que de nanas ! Il n'y a ni Blanc, ni Noir, ni Jaune et nous avons tous la même religion : le tennis. Pour un jeune, c'est à la fois intimidant et enrichissant de voir les plus grands d'aussi près et d'assister à leur concentration.

Je me souviens de mon premier tournoi à Miami sur l'île de Key Biscayne. J'avais dix-sept ans. Le sort avait voulu que j'affronte Boris Becker au deuxième tour. C'était la première fois que je rencontrais l'une des légendes du circuit. Notre match se jouait en soirée. Nous étions tous les deux dans les vestiaires, lui la star, moi le gamin. Moi accompagné de mon coach, lui avec son staff beaucoup plus étoffé : entraîneur, préparateur physique, kiné et cordeur. Je le regardais discrètement en essayant de comprendre comment se préparait le triple vainqueur de Wimbledon et d'enregistrer le moindre détail. Aujourd'hui je continue à jeter un œil sur la préparation des joueurs que je ne connais pas et j'échange quelques mots avec ceux qui, comme moi, n'ont pas besoin d'un long moment d'intense concentration.

À Melbourne en 2008, je m'échauffais une heure avant le match qui allait m'opposer à Federer. En rattrapant une balle avec la main, je me fais une entorse au petit doigt. Je rejoins les vestiaires, mon doigt avait doublé de volume. Avec mon glaçon sur le doigt, je croise Roger. Il regarde ma main et me dit avec un sourire : « Ça commence mal pour toi. » On a tous les deux éclaté de rire un quart d'heure avant de s'affronter sur le terrain ! On peut chambrer l'adversaire dans la bonne humeur, si le rapport avec lui est sain. On a le droit d'avoir de l'humour avant un match. Le score a été sans appel. Le problème ce n'était pas le doigt, j'avais mis un bandage et je ne souffrais pas trop, c'était le type de l'autre côté du filet !

Cette promiscuité oblige à un certain respect. En tennis le combat commence quand on entre sur le terrain et se termine après la balle de match. En dehors de cette parenthèse, il y a deux hommes qui peuvent être amis. Le joueur est libre et indépendant, il ne représente que lui-même. Dans d'autres sports, ce ne sont pas seulement des hommes qui s'affrontent mais des villes. Si l'OM est humilié, c'est Marseille qui pleure, si je suis humilié, c'est moi qui pleure. Cette différence peut attiser la haine et créer le fanatisme.

Avant les matchs importants, le silence dans les vestiaires est lourd, pesant. Sa densité fait prendre conscience de la gravité de l'enjeu. J'aime rester au calme le quart d'heure qui précède l'entrée sur le terrain. Dans ma tête, je me projette déjà dans le match, j'imagine les scénarios que je vais rencontrer. Je m'échauffe très légèrement. Je prépare mes boissons, je change les grips de mes raquettes, dans un geste automatique, que j'ai fait des milliers de fois. J'aime qu'ils soient propres et en parfait état, que mes polos soient bien repassés et pliés, que mon sac soit bien rangé. Je suis méticuleux, voire maniaque. Il y a du Strapal au fond du sac en cas d'ampoule pour ne pas avoir à appeler le kiné, une poche de glace lorsque je joue en extérieur dans un pays chaud, à poser sur ma nuque à la pause pour récupérer plus vite, du shampoing, du déodorant et du parfum pour la douche. Je ne laisse rien aux vestiaires.

La tension monte. Je lance dans ma tête le compte à rebours. Mon entraîneur me jette un dernier conseil : « Quitte le court sans regrets, après avoir tout donné. » Le jeu de regards est plus important que les mots. C'est l'heure, le juge-arbitre vient nous chercher. Les deux combattants attrapent leur sac qu'ils mettent sur l'épaule. Je garde toujours à la main la première raquette que je vais utiliser, cordée neuve. Dans le couloir qui conduit au terrain, en quelques secondes, je suis déjà dans ma concentration. C'est presque comme un automate que je rejoins ma chaise, totalement imperméable au bruissement des spectateurs. Je vérifie juste d'un regard la place de mon coach et de mon clan s'il est présent.

Le match fini, le sac sur l'épaule qui paraît beaucoup plus lourd qu'en entrant sur le terrain, nous rejoignons les vestiaires en nage, tous les deux épuisés, avec le sourire pour l'un et la déception pour l'autre. Certains rentrent furieux. J'ai vu plus d'une fois Safin casser des raquettes de rage. Même s'il n'y a pas eu de contact physique, les joueurs sont souvent sonnés, immobiles, la tête entre les mains, comme deux boxeurs après un combat. Pour le vaincu, c'est le moment des premiers regrets. Le vainqueur est déjà plongé dans son prochain match avec un autre obstacle sur sa route. Sous la douche, on essaie de laisser la fatigue, les tensions, les mauvais souvenirs du match s'écouler avec l'eau. Ensuite les mains du masseur détendent les muscles des deux joueurs soumis à rude épreuve. L'un va s'empresser de rentrer chez lui, l'autre prolongera son séjour et retrouvera demain les mêmes vestiaires.

Les arbitres

Je voudrais présenter mes excuses à quelques arbitres : Mohamed Layani, Cédric Mourier, Pascal Maria et Bruno Rebeuh sont d'excellents professionnels que je me suis permis d'insulter dans la tension d'un match. Dans la vie, je suis d'un naturel calme et pacifique, mais sur un terrain, les émotions sont à vif. Plus d'une fois, j'ai pété les plombs. Surtout lorsque j'étais confronté à des problèmes personnels. Il en fallait peu alors pour que je disjoncte sur le terrain. Arbitre, c'est un métier terrible. Pour cinquante bonnes annonces, on ne retient que l'erreur. Jamais on ne les félicite pour leur bon arbitrage. Ils ont pourtant une vraie compétence, une connaissance parfaite du règlement, une excellente vue, une impartialité absolue. Mais une faute d'arbitrage peut survenir à tout moment, et avec deux joueurs tendus, elle prend des proportions démesurées.

Lorsqu'un joueur rentre dans un match, il est dans sa bulle de concentration comparable à l'état de sommeil. L'erreur d'arbitrage c'est une claque qui le réveille en sursaut. Il réagit à l'agression par l'agressivité. Je me revois m'approcher de la chaise et hurler : « Tu n'as rien vu, espèce de connard ! » Combien de fois, après avoir insulté un arbitre, j'ai repassé le match dans ma tête le soir dans ma chambre d'hôtel, honteux, en me demandant comment j'avais pu

disjoncter de cette façon pour un p
même pas fait basculer la partie ! Un
Bruno Rebeuh, l'un des meilleurs arbi
à l'hôtel, j'étais malheureux. Le lenden
suis allé dans une boutique de luxe. Je
une cravate que j'ai déposée à son hôtel
d'excuse.

J'ai commencé tôt à ne pas laisser passe
d'arbitrage. J'avais seize ans lors de m
contestation. C'était pour mon premie
Garros, en 1989. Je jouais contre David
un Américain. Un match de quatre heure
ou trois points de la victoire, dans la
maximum d'une fin de match où je me voy
rieux, Wheaton fait un service faute que
estime bon. Je vais vérifier la marque. Sur terr
c'est très net, elle était bien dehors. Je me dir
l'arbitre de chaise pour lui dire que la balle est
Il me répond : « Tu as peut-être raison, ma
annoncé le score, je ne peux pas revenir en arriè

C'était la règle à l'époque, on ne pouvai
revenir sur un score annoncé. C'était inaccept
pour moi. J'étais tout jeune, c'était ma prem
année chez les pros, mais je ne me suis pas démo
J'ai arrêté le match et fait appeler le supervise
L'arbitre de chaise lui a expliqué que je contestais
score qu'il avait annoncé. Le superviseur a mainten
la décision de l'arbitre. Personne n'est venu regarde
la trace. Aujourd'hui, l'arbitre de chaise descendrait l

rifier. On a repris le match et je l'ai perdu. Je crois ue le point litigieux n'y a été pour rien. L'idée qu'à ize ans j'ai eu l'aplomb de faire arrêter un match en ontestant une décision arbitrale me fait aujourd'hui ourire.

McEnroe, l'une de mes idoles d'enfance, était pécialiste des échanges tendus avec les arbitres, ce qui lui a coûté une petite fortune en amendes. Un jour il a trouvé la parade. Après une erreur d'arbitrage manifeste, il est allé voir l'arbitre et l'a interpellé : « Si je vous dis que vous êtes un gros connard, vous allez me mettre une amende ? » L'arbitre lui répond : « Oui. – Et si je le pense très, très fort, vous ne pouvez pas me la mettre ? » L'arbitre lui répond : « Non. – Alors sachez que je le pense très, très fort. » Les amendes atteignent des sommes élevées. De 500 à plusieurs milliers de dollars en fonction de la gravité de l'insulte, du terrain sur lequel le match est joué, si celui-ci est télévisé ou non. Une belle insulte sur le central de Roland-Garros pour un match télévisé peut coûter à son auteur 10 000 dollars.

Nous connaissons presque tous les arbitres que nous retrouvons sur les tournois. Dans ces instants d'avant match où le moindre détail compte, le nom a son importance. En 1995, j'ai participé au tournoi de Casablanca et j'affrontais un ami, la star locale, Hicham Arazi. Je savais que le public marocain ne serait pas tendre avec moi. J'étais un peu tendu. Je découvre le nom d'un arbitre que je ne connaissais

pas : Mohamed Layani. Je vais voir le superviseur du tournoi et lui dis : « Ce n'est pas possible, je joue contre Hicham, j'aurai déjà tout le public contre moi et l'arbitre, Mohamed Layani, est marocain. Prenez un arbitre neutre. » Il m'a répondu : « Vous n'avez pas à vous inquiéter, Mohamed est suédois ! » C'était vrai. Il est d'ailleurs devenu le meilleur arbitre au monde.

Il ne faut pas compter sur l'adversaire pour trancher lorsqu'il y a litige. Rendre un point important ne se pratique jamais. Il n'y a que sur ceux qui ne comptent pas que l'on joue les grands seigneurs. J'ai un seul exemple en tête d'un point important rendu à un adversaire, qui est resté célèbre sur le circuit. C'était en 1982 pour le match qui opposait Wilander et Clerc. Wilander a rendu la balle de match à Clerc, contredisant la décision de l'arbitre ! Du jamais vu avant, et jamais revu depuis.

Les joueurs se divisent en deux catégories : ceux qui s'en prennent à eux-mêmes et à leur raquette, et ceux qui s'en prennent aux arbitres. Je faisais partie de la deuxième catégorie. J'ai rarement cassé une raquette sur un court. Je me suis calmé le jour où un arbitre m'a dit que j'avais mauvaise réputation et que personne n'aimait m'arbitrer. Comme un enfant qui se fait tancer, j'ai retenu la leçon. Depuis je suis un joueur presque zen et, je l'espère, agréable à arbitrer.

Le public

Avant d'arriver sur le terrain, j'ai besoin de sentir l'ambiance. Souvent, je vais regarder discrètement les gradins avant de jouer pour me faire une idée de ce qui m'attend, comme le comédien qui regarde la salle en écartant légèrement le rideau. Je n'aime pas entrer dans l'arène sans en avoir humé l'air. Mais dès que je mets le pied sur le court, durant la vingtaine de mètres qui me sépare de la chaise, seconde après seconde, je rentre dans ma bulle et je deviens hermétique à tout ce qui ne concerne pas mon jeu. Quand la tension est forte et ma concentration extrême, il m'arrive de ne pas savoir, à la fin d'un match, si le public était avec ou contre moi.

D'autres fois, à l'inverse, en cours de match j'ai besoin de son énergie, qu'il me porte, m'aide à repousser mes limites et à tenir. Il y a des moments de communion uniques, entre un joueur et son public. C'est un travail d'équipe. Il m'est arrivé d'être soutenu même quand je jouais mal. Je sentais très bien que le public voulait m'aider. Parfois j'étais trop mécontent de mon jeu pour en profiter. En mars 2009, un match Suède/Israël a été joué à huis clos par crainte d'attentats. Seuls les deux équipes et les officiels étaient présents. Je l'ai regardé sur Internet. Quel spectacle étrange de voir les points se succéder en silence devant des gradins vides. La présence du public ajoute au plaisir du jeu.

Les gestes et les mouvements des spectateurs ne nous gênent pas, parce que notre regard est réglé sur la courte distance qui sépare l'œil de la balle, mais un bruit peut nous déconcentrer. Quand une voix trouble le silence au moment de servir, l'intense concentration de cet instant est brisée net. Mais il faut reconnaître que le public du tennis, particulièrement le public de Roland-Garros, est un public de connaisseurs. Il apprécie les jolis coups et n'applaudit (presque) jamais la faute de l'adversaire. À fond avec son joueur, mais pas contre l'autre.

À Melbourne lors de la finale de la coupe Davis 2001, 1 000 Français avaient fait le déplacement, noyés au milieu de 14 000 Australiens. Ils étaient venus soutenir le double Santoro-Pioline contre Hewitt-Rafter. Je n'oublierai jamais ces 1 000 spectateurs-là. Pendant les cinq minutes d'échauffement, ils ont chanté à tue-tête *La Marseillaise*, on n'entendait qu'eux. Les Australiens, exemplaires de fair play, sont restés silencieux. On a gagné, portés de bout en bout par nos supporters.

Un jour à Roissy j'attendais un avion. Dans la salle d'embarquement je croise le champion de foot que j'apprécie beaucoup, Bixente Lizarazu. Nous nous asseyons ensemble, et nous parlons. Une dame s'approche et, très aimablement, me dit qu'elle suit ma carrière depuis longtemps et me demande un autographe pour ses enfants. À peine partie, trois garçons reconnaissent Bixente et lui donnent chacun une grande tape dans le dos. Deux façons très différentes de dire : « On vous aime bien. » Ce sentiment de proximité que le supporter de foot ressent pour le joueur l'autorise aussi à le traiter d'« enculé » quand il le déçoit, comme on l'entend souvent hurlé des tribunes. Une attitude impensable sur les gradins d'un court de tennis. Ce jour-là j'ai pu me rendre compte du monde qui séparait nos deux sports.

J'ai une relation particulière avec le public qui m'a vu évoluer pendant vingt ans. Après le match, dans la victoire comme dans la défaite, quelques spectateurs m'attendent. Écouter leurs commentaires et signer des autographes sur un programme ou sur une balle fait partie du jeu, même si je suis toujours un peu sonné en sortant du court. J'ai besoin d'une bonne dizaine de minutes avant d'être réceptif au monde extérieur.

Mon jeu paraît abordable aux joueurs de club, ce qui me rend proche d'eux. Je joue en douceur et ils peuvent s'amuser à imiter mes coups. Je ne suis pas un frappeur ni un extraterrestre comme un Nadal ou un Federer.

Nous avons parfois l'occasion de remercier tous ceux qui nous soutiennent. Le tennis est l'un des rares sports, peut-être même le seul, où le vainqueur du jour s'avance au milieu du court micro en main, pour adresser d'une voix altérée par la fatigue quelques mots à son public : « Merci. C'est aussi grâce à vous que j'ai gagné. »

Le dopage

Je suis un joueur propre. Et pourtant mon pire cauchemar aura été tout au long de ces années de lire un jour à la une de *L'Équipe* : « Santoro positif ». Vingt ans de carrière qui s'écroulent en un instant. Le regard de ma fille, de mes amis, du public… C'est tellement facile dans des vestiaires, quand vous avez le dos tourné, de glisser un produit dans votre bouteille.

Quand je bois une gorgée d'eau avant un match, si je pose ma bouteille pour aller aux toilettes, je la jette au retour. Sauf s'il y a une personne de confiance, mon entraîneur, pour la surveiller. En tournoi, je ne laisse personne d'autre que mon entraîneur préparer mes boissons. Une fois prêtes, je les range dans mon casier fermé à clé. Je suis particulièrement vigilant cette année 2009. Finir ma carrière sur un contrôle positif serait un drame.

Ne croyez pas que je sois plus parano que les autres. Nous y pensons tous, nous prenons discrètement nos précautions. Il y a tant d'enjeux et d'argent dans le tennis que c'est parfaitement envisageable, même si, je le reconnais, cela n'a jamais été prouvé. Les seuls excitants que je m'accorde avant le match sont un café et parfois un comprimé de vitamine C.

Les règles sont devenues tellement strictes qu'il est impossible pour un joueur de haut niveau de se soigner seul, même pour un rhume. Tous les médicaments banals, vendus légalement dans le commerce, sont susceptibles de contenir une substance interdite. Je fais confiance à mon médecin référent de la fédération, le docteur Montalvan, qui fait partie des praticiens engagés dans la lutte contre le dopage. Je l'appelle systématiquement avant d'avaler quoi que soit.

Je prends aussi d'énormes précautions lorsque je suis dans une soirée, entouré de gens que je ne connais pas. Je ne quitte jamais mon verre des yeux, je ne bois jamais dans le verre de quelqu'un d'autre. Mon corps est une machine trop précieuse pour que je l'abîme. Il a de la mémoire. Si je n'étais pas irréprochable dans mon hygiène de vie, je n'aurais jamais duré en pleine forme jusqu'à aujourd'hui dans un sport de haut niveau. Le tennis n'aura été qu'une partie de ma vie, je dois me préserver pour la suite. J'ai la chance d'être né avec une bonne constitution, je ne veux pas la mettre en péril pour remporter un trophée de plus, gagner plus d'argent.

Mais qu'est-ce qui prouve que je dis vrai ? Mis à part mes entraîneurs et les quelques personnes très proches qui me voient vivre au quotidien, comment convaincre le public qui m'a suivi toutes ces années ou les lecteurs de ce livre que je n'ai jamais triché ? Dans toute ma carrière, j'ai dû être contrôlé entre cent et cent cinquante fois, toujours négatif, mais les contrôles n'étant pas fiables à cent pour cent, un doute peut toujours subsister dans la tête des gens.

C'est insupportable de penser qu'il n'y a aucune différence manifeste entre moi et un joueur dopé qui ne s'est jamais fait prendre. Je rêve d'un moyen incontestable de prouver ma bonne foi. Ce moyen n'existe pas et je ne pense pas, malheureusement, qu'il existera avant la fin de ma carrière. Il faut que les contrôles soient de plus en plus fréquents et la recherche de plus en plus sophistiquée. Je me suis toujours battu pour le maximum de contrôles inopinés. Je suis favorable à la nouvelle législation encore plus restrictive qui demande que nous signalions nos déplacements. Nous devons maintenant remplir un formulaire sur Internet pour dire où nous nous trouvons chaque jour hors compétition et les créneaux horaires auxquels on peut nous joindre. Nous devons être « contrôlables » une heure par jour durant ces périodes. Il n'y a rien de plus efficace que le type qui frappe à votre porte pour vous demander de pisser dans un bocal. Certains joueurs s'insurgent, je ne suis pas forcément étonné... Moi j'ai toujours dit : « Vous pouvez frapper chez moi quand vous voulez, me faire une prise de sang, me prendre de l'urine, des cheveux, tout ce que vous voulez. » J'ai même signé un papier acceptant qu'ils gardent mes urines pour leurs recherches et faire avancer la technique. Je reconnais que c'est contraignant. Surtout les contrôles d'après match. Il m'est arrivé de terminer un match de quatre heures, épuisé. À la seconde où je quitte le court, un type m'aborde :

« Monsieur Santoro, vous avez été choisi pour un contrôle antidopage, je vais vous accompagner, vous avez une heure pour uriner. Veuillez, s'il vous plaît, signer ce formulaire. » Je peux à peine marcher, me traîne jusqu'aux vestiaires avec une seule idée en tête : prendre une douche pour retrouver figure humaine. Il me suit, me surveille sous la douche pour éviter que je prenne un produit masquant et me conduit dans la zone réservée où m'attendent les médecins pour récupérer mes urines. À cela s'ajoutent les tests sanguins sur les tournois du grand chelem. Et hop, une aiguille dans le bras ! Pendant une seconde, je me dis : « Je suis un cheval, je ne suis pas un être humain. Ce n'est pas le sport qu'on m'avait vendu quand j'étais gamin. »

Le tennis n'est pas le sport le plus pollué, bien sûr que non. Mais il y a du dopage dans le tennis aussi. Se doper ne veut pas dire la même chose partout. En France c'est tricher, dans d'autres pays c'est se donner les moyens de réussir. Pour certains joueurs, gagner est la seule façon de sortir de la misère, alors tous les moyens sont bons. Prendre un produit qui va améliorer son taux de globules rouges, ou faire la piqûre qui procure les mêmes effets que trois semaines à la montagne, c'est tentant pour un joueur moyen qui pourra s'extraire d'une vie misérable en progressant au classement. Dans certains pays, le dopage fait carrément partie de la culture sportive. Ensuite on trouve des cas particuliers, des tricheurs professionnels, comme il y a des braqueurs de banques.

Je sais qu'on peut jouer de grand match de tennis en restant propre. Et même être numéro 1 mondial, comme Federer qui a dominé le circuit pendant cinq ans et mis des raclées aux meilleurs, en restant un joueur clean.

Bien sûr, jamais personne ne m'a abordé dans les vestiaires en me proposant des produits. Jamais un joueur ne m'a parlé de son médecin qui avait une pilule magique. Ça ne se passe pas dans les vestiaires. Les dopés n'en parlent à personne. Surtout pas à moi dont on sait que je ne suis pas un bon client.

Mais j'en ai vu des tricheurs, j'en ai eu en face de moi de l'autre côté du filet. Difficile de dire combien, et encore plus difficile à prouver, donc impossible de donner des noms. Même s'ils circulent, toujours les mêmes, entre joueurs. Nous nous demandons tous régulièrement si le joueur en face, qui récupère trop vite, n'a pas trois poumons. Il y a des signes qui ne trompent personne. Des comportements anormaux dans les vestiaires, des regards bizarres, des mains qui farfouillent discrètement dans le sac, des environnements pas nets, des joueurs qui prennent en quelques semaines cinq, six, huit kilos de muscles, qui transpirent des seaux d'eau, récupèrent de façon exceptionnelle ou courent à l'hôpital après un match pour se faire réhydrater...

Lorsque je suis arrivé sur le circuit, il n'y avait pas ou peu de contrôles. Certains se permettaient de demander une pause en plein match pour aller aux vestiaires, sortir du terrain épuisés et revenir quelques minutes plus tard requinqués. Pas le même homme. Comme s'ils renaissaient de leurs cendres.

J'ai du mal à me mettre dans la tête du tricheur. Quel plaisir ressent-il à gagner en trichant, à battre l'autre parce qu'il a pris des produits qui le rendent plus fort ? Gagner a toujours été important pour moi, mais pas à n'importe quel prix. Mon éducation m'a appris le plaisir de réussir par moi-même et le plaisir est mon moteur. Ma fierté, c'est au retour d'un match de dire à ma fille « j'ai gagné », en sachant que je l'ai fait proprement.

Jouer contre un adversaire dopé, c'est insupportable. Le tennis est un sport technique, stratégique et physique où fatiguer l'autre fait partie du jeu. Beaucoup de coups ont pour fonction de l'obliger à plier les jambes, sauter, accélérer, traverser tout le terrain dans un sens, dans l'autre, changer de rythme. Quand, en face, l'adversaire a trois poumons, on s'épuise soi-même pour rien. Comme dans ces films où un personnage s'acharne à coups de poing contre un colosse qui ne bouge pas d'un millimètre. Mais sur un terrain ce n'est pas du cinéma.

Je me souviens d'un match à l'Open d'Australie. À la fin du quatrième set, après trois heures trente de jeu, le combat est acharné. Suit un échange de dingues. Nous courons l'un et l'autre dans tous les sens pour rattraper des balles impossibles. L'échange est magnifique et interminable. Je gagne le point à l'arraché, à moitié mort, avec une envie de vomir d'épuisement, mais heureux. Je me redresse, je regarde mon adversaire. Il est tout frais, fait rebondir sa balle, prêt pour le point suivant. J'ai eu une réaction de dégoût, écœuré par la tricherie insupportable, vis-à-vis de moi, du public... Ravaler ma rage et continuer à me battre avec des armes inégales était au-dessus de mes forces. J'ai laissé filer ce match.

J'étais jeune alors, plus fragile sur un terrain. Avec le temps, le dégoût s'est transformé en haine. Une haine qui a parfois décuplé mes forces et m'a permis de gagner contre la machine que j'avais en face. J'avais envie de la massacrer. Alors que ce n'est jamais un sentiment qui me traverse l'esprit. Aujourd'hui je n'ai plus ni dégoût ni haine. Simplement du mépris qui ne m'empêche pas de jouer mon jeu, et une interrogation partagée par tous les joueurs à partir du moment où l'on a des soupçons sur certains : Quel est mon vrai niveau, ma vraie valeur ? Quel serait mon classement réel s'il n'y avait pas des tricheurs au-dessus de moi ? Ces questions restent en suspens. En début de carrière, elles peuvent miner et pomper du jus.

Pourquoi n'arrive-t-on pas à éradiquer le dopage malgré tous les contrôles ? Je répondrai par une autre question : Qui a vraiment intérêt à ce que le dopage disparaisse ? Si quelques-uns des meilleurs joueurs du circuit étaient convaincus de dopage et arrêtaient leur carrière, le tennis serait sali, les sponsors fuiraient et les spectateurs se désintéresseraient des tournois. C'est toute l'économie du tennis qui risquerait de s'écrouler. Les enjeux financiers sont colossaux.

Comment se fait-il que certains noms soient connus de tous les joueurs et qu'ils ne se fassent pas prendre ? Un sportif bien organisé peut, pour l'instant, échapper aux contrôles. La technique des produits dopants est plus en pointe que celle des produits de contrôle, comme les voleurs qui ont un temps d'avance sur la police. Ceux qui se font prendre utilisent des moyens archaïques et décelables.

Je ne suis pas certain non plus que le public rêve d'un tennis sans dopés. Si un sondage demandait « Préférez-vous assister à un match où des joueurs dopés s'envoient des boulets de canon pendant quatre heures sans défaillir, ou à un match propre mais à un rythme inférieur et moins spectaculaire ? », je crains que la majorité ne vote pour la première proposition. Les spectateurs viennent au spectacle. Le joueur dopé est attractif.

3.

MA DIFFÉRENCE

Hygiène de vie

Je n'ai jamais été ivre, je n'ai jamais fumé une cigarette, à peine aspiré la bouffée d'un pétard le jour de mes trente ans. Je ne suis jamais sorti en boîte parce que je ne supporte pas l'odeur de la cigarette. Si l'interdiction de fumer dans les lieux publics avait été votée quand j'étais plus jeune, ma carrière aurait peut-être été différente. J'ai toujours pris un soin extrême de ma santé. Vers dix-sept, dix-huit ans, en début de carrière, j'étais même très excessif. Je pesais tous mes aliments, je ne sortais jamais, je me couchais à 21 h 30 tous les soirs. Je pensais que, pour être pro, il fallait s'empêcher de vivre. Maintenant je suis toujours pro, mais je vis.

Un joueur professionnel peut mener la même vie que n'importe qui, mais pas au même moment et pas tout le temps. Il m'arrive de boire deux verres de vin pour accompagner une tartiflette, à condition que ce ne soit pas une veille de match. Je suis très gourmand, j'adore le chocolat et les sucreries, mais j'évite le sucre le soir. La petite tarte à 21 heures devant la télé nous suit du salon au lit. Ce que j'avale, c'est l'essence de mon moteur. Si je mets une mauvaise essence, le moteur ne tournera pas à plein régime. Heureusement que j'aime les pâtes ! J'en ai mangé une quantité incalculable depuis vingt ans. Le repas d'avant match est toujours le même : un gros plat de pâtes, un yaourt et un espresso, deux heures avant. J'ai souvent entendu qu'il fallait manger trois heures plus tôt, mais ce laps de temps ne correspond pas à mon métabolisme.

Je contrôle énormément mon poids. Lorsque j'avais trente ans, je pesais soixante-quinze kilos. On m'avait dit qu'il fallait que je perde du poids pour continuer à être performant. Je suis descendu à soixante-dix kilos cinq. J'étais sec, dessiné, mais je ne pouvais pas terminer un match. Je n'avais pas assez de réserves. Maintenant je sais que mon poids de forme c'est soixante-quinze kilos, avec beaucoup de poids dans le bas du corps. Ma force est dans mes cuisses. J'ai adapté mon jeu à cette morphologie.

J'ai la chance d'avoir un sommeil de plomb extrêmement réparateur. Je l'ai fait analyser au centre du sommeil de l'Hôtel-Dieu à Paris. Les médecins m'ont confirmé qu'il était de très bonne qualité. J'ai aussi la capacité de faire des siestes éclairs de quelques minutes n'importe où. Il m'arrive de me coucher à 5 heures du matin, mais pas la semaine qui précède une compétition, sinon mon organisme ne répondra pas présent. Je crois avoir une hygiène de vie bien supérieure à la moyenne des sportifs de haut niveau. C'est une contrainte que je m'impose sans frustration. J'aime la vie et j'en profite, mais je n'aime pas les excès.

À dix-huit ou vingt ans, je m'interdisais tout rapport sexuel avant un match, par peur de perdre toute mon énergie. Au fil de ma carrière, je me suis de plus en plus autorisé à faire l'amour les veilles de match. J'ai réalisé que non seulement ça ne me pénalisait pas mais que ça me donnait la pêche. J'aime mieux arriver sur le terrain heureux et détendu que frustré parce que j'ai dormi à côté de ma compagne sans oser la toucher. Il m'est même arrivé d'avoir un rapport sexuel quelques heures avant un match. Il vaut mieux éviter d'y laisser toutes ses forces, mais un rapport doux et tendre dans les bras de sa compagne permet d'entrer sur le terrain avec le sourire. Surtout si elle est dans les tribunes et que l'on peut puiser son énergie en la regardant.

L'entraînement

En dehors de mon jeu particulier, j'ai souvent entendu dire que j'étais différent, atypique. Je ne suis pas le mieux placé pour juger, mais il y a quelques domaines où je suis conscient de ma singularité. Ma méthode d'entraînement, par exemple, est devenue très personnelle avec le temps. Sur le plan physique, J'ai estimé un jour, après des années de footing et des centaines de kilomètres parcourus dans les allées du bois de Boulogne et sur la piste d'athlétisme du stade Jean-Bouin, qu'il était temps que j'arrête. Entre douze et vingt-cinq ans j'ai beaucoup travaillé mon physique et je sentais que, si je voulais durer, il fallait que je commence à m'économiser.

Je suis persuadé que courir abîme les articulations des genoux et des hanches et tasse les lombaires. Le tennis avec les blocages, les sauts, les accélérations, les changements de direction, est un sport traumatisant pour le corps. Les surfaces en ciment n'arrangent rien. À quoi bon rajouter d'autres traumatismes en dehors du court ? À vingt-cinq ans, je ne pouvais plus vraiment faire évoluer ma physiologie. J'ai estimé que pour gagner d'infimes pourcentages d'amélioration physique, je risquais de mettre ma santé en péril. Cette décision est intervenue à une période où j'ai commencé la pratique du double. L'addition des deux épreuves multipliait le nombre de matchs, donc les chocs reçus. Comme je déteste courir, je n'ai pas eu beaucoup de mal à faire ce choix. Depuis onze ans je n'ai pas fait de footing ailleurs que sur la plage l'été pour me détendre. Je pense être le seul.

Quand je vois ma forme physique à trente-six ans, je me dis que j'ai eu raison. J'ai su adapter ma préparation à ma morphologie et à mon âge. Lorsque mon médecin regarde mes hanches, il les trouve en meilleur état que celles de joueurs de vingt-cinq ans. Quand je pense aux millions de fois où je me suis baissé sur un terrain, où j'ai plié les genoux pour attraper une balle, je n'en reviens pas que mes jambes me portent encore après vingt ans de ce régime.

Néanmoins il ne faut pas négliger l'aspect physique. Tous les grands champions ont énormément développé leurs capacités pour devenir de véritables athlètes. Aujourd'hui les dix premiers mondiaux sont les dix joueurs les plus athlétiques.

Après avoir travaillé comme un robot et suivi à la lettre les consignes de mes entraîneurs, sans même chercher à comprendre l'intérêt de tel ou tel exercice, j'ai décidé un jour de travailler « utile ». Finies les séances fastidieuses si je ne suis pas convaincu de leurs bienfaits sur mon jeu. J'ai besoin de comprendre la finalité d'un exercice. Je me suis parfois opposé à des entraîneurs qui me proposaient des exercices que je jugeais inutiles. Je suis trop malheureux dans la routine pour accepter un exercice qui ne me procure aucun plaisir et qu'on me demande de répéter des dizaines de fois. Avec l'expérience, je me connais à la perfection, je sais comment va réagir mon organisme, quelles sont les étapes à respecter et comment mettre en place toutes les pièces du Lego pour que la pyramide soit terminée et solide le jour du match. J'ai mis quinze ans à me connaître. C'est une force et une richesse et je ne veux pas courir le risque de perturber ce fragile équilibre. Je suis convaincu que le même entraînement n'est pas valable pour tous, à chacun de trouver son mode de fonctionnement. Tant pis si l'on a pu me juger borné.

Depuis juin 2008, je n'ai plus d'entraîneur attitré. Parfois Éric Deblicker ou Emmanuel Planque me donnent un coup de main, mais la plupart du temps je m'entraîne en tapant des balles avec de jeunes espoirs. Ils sont contents de jouer avec moi et je m'amuse bien avec ces gamins dont je pourrais presque être le père. S'ils me le demandent, je leur donne mon avis sur leur jeu. Dès qu'on arrive sur le terrain, je m'amuse à les voir en faire plusieurs fois le tour en petites foulées pendant que je les attends en m'échauffant juste les bras avec un élastique que je coince dans le filet. En début d'entraînement, je ne vais solliciter que le haut du corps donc je m'échauffe le haut. Logique ! Emmanuel Planque m'a rappelé, il y a peu de temps, sa surprise lors de notre premier jour d'entraînement quand il m'a vu sortir ma raquette. Nous ne nous connaissions pas encore bien. Il m'a demandé : « Tu ne t'échauffes pas avant ? Tu ne cours pas ? » Je lui ai répondu : « Ah non. Moi c'est sur le terrain que je cours. »

Je fais très attention à ma technique sur les premières frappes de balles, toujours lentes, faisant mes gammes comme un danseur ou un pianiste. J'ai besoin d'éprouver mes sensations. J'aime bien m'entraîner sur un rythme lent pour les laisser venir et les savourer. C'est aussi pour cette raison que je joue souvent avec des jeunes plus faibles que moi. Une vitesse de jeu plus lente m'aide à trouver mes sensations, à caler mon jeu. Pour faire un parallèle avec la formule 1, je cherche la bonne trajectoire avant de pouvoir accélérer, imaginant que chaque faute est une sortie de piste. Je ne mets jamais une seule balle dans le filet en début d'entraînement, prenant suffisamment de marge pour respecter la règle d'or en tennis : hauteur égale longueur. Je m'explique : on a plus de risque de mettre une balle dans le filet ou de jouer court sur une trajectoire tendue que sur une trajectoire bombée.

Ces séances avec ces jeunes sparring-partners me rappellent mon premier entraînement à Nice avec Yannick Noah lorsque j'avais seize ans. J'étais plus concentré qu'en match, tellement j'avais peur de le décevoir et qu'il ne veuille plus jamais jouer avec moi.

Des centaines d'entraîneurs

« À l'entraînement, il faut d'abord travailler ses points faibles », disent souvent les entraîneurs. Je pense le contraire. Ce sont les points forts que l'on doit travailler en premier. Les points faibles, l'adversaire s'en charge. J'ai eu, dans toute ma carrière, des centaines d'entraîneurs : ce sont mes adversaires. En tapant sur mes points faibles pendant toute la durée d'un match ils m'ont obligé à progresser. En début de carrière, j'avais des difficultés avec mon coup droit, et pendant des années tous les joueurs que j'affrontais se sont acharnés sur ce coup jusqu'à ce que je l'améliore. Aucun entraîneur, même le plus compétent, n'aurait pu me le faire travailler autant. L'adversaire s'engouffre toujours dans le point faible de l'autre et ne cesse de l'attaquer. Si l'entraîneur insiste lui aussi à l'entraînement, c'est le point fort qui va s'affaiblir. Or, les matchs, on les gagne et on les perd avec son point fort. Donc, travailler le point faible, oui, mais priorité au point fort.

Cela est valable pour les coups de fond de court. Au service, la problématique est différente puisque vous avez la balle entre les mains. En 1990, alors que je rencontrais quelques soucis avec mon engagement, Yannick Noah m'a dit : « Tu n'as pas le droit d'avoir un mauvais service. C'est le seul coup qui ne dépende pas de l'adversaire, mais de toi. Tu as la balle dans ta main, tu déclenches ton geste quand tu le décides. Tu n'as qu'à t'entraîner, n'importe où, n'importe quand. Tu prends un panier de balles et tu vas servir autant que nécessaire. Tu n'as besoin de personne pour le faire. »

Fin 1991, mon entraîneur de l'époque, Éric Deblicker, a fait ce commentaire sur mon jeu, sans prendre de gants : « Tu es 43e mondial et tu as un service de merde. Si tu veux l'améliorer, tu dois arrêter la compétition pendant trois mois pour reprendre ton geste à zéro, comme si tu débutais. Sans ce travail, ton service t'empêchera d'aller plus haut. » Ce n'était pas facile d'accepter que tous mes copains partent jouer la première levée du grand chelem en Australie, pendant que moi je restais sur les courts couverts de Roland-Garros. Éric a entièrement modifié ma technique, gommé mes défauts. J'ai pu reprendre la compétition en février à Bruxelles. Heureux de pouvoir évaluer mes progrès en match et pensant être devenu un grand serveur, j'ai choisi de servir en premier face à Jim Courier. J'ai bêtement frappé de toutes mes forces et je n'ai passé aucune première balle ! Bien sûr, je me suis fait « breaker » au premier jeu. Malgré ce raté, Éric avait raison. Ma gestuelle étant désormais saine, mon service s'est amélioré avec le temps, pour devenir une arme.

Durant mes meilleures années, j'ai travaillé avec deux entraîneurs en même temps : mon père et Laurent Raymond. Certains joueurs ont un entraîneur pour deux, moi j'avais décidé d'en avoir deux pour moi tout seul ! Ils s'entendaient très bien, travaillaient dans la même direction, avaient le même regard sur mon jeu et comme ils se relayaient régulièrement je n'ai jamais ressenti de lassitude. Le risque d'avoir toujours le même coach, avec les mêmes mots et le même timbre de voix, est qu'à la longue on l'entende mais on ne l'écoute plus.

Le rôle de l'entraîneur change beaucoup en fonction de la maturité du joueur. Les petits, de six à quatorze ans, ont besoin d'un éducateur, d'un formateur qui joue un rôle essentiel. Non seulement il transmet les premières notions techniques à l'enfant, mais surtout, il doit lui communiquer le plaisir du jeu. Plus tard dans le monde pro, nous avons besoin d'un guide. Durant les cinq, six premières années de professionnalisme, l'entraîneur doit apporter son expérience en étant directif. Le joueur se connaît peu et n'a pas le savoir nécessaire pour prendre les bonnes décisions. L'entraîneur doit trancher. Après, le joueur a, normalement, une parfaite connaissance de son organisme, de son mental, de son jeu et l'entraîneur joue plutôt un rôle de conseiller, chacun échangeant son point de vue. La complicité et la confiance sont aussi importantes que la compétence. Le joueur passe plus de temps avec son entraîneur, qui lui sert de confident, qu'avec sa famille. On voyage ensemble, on mange ensemble, et sur les tournois on ne se quitte que pour dormir. L'entraîneur connaît tout de son joueur, de sa vie professionnelle et parfois personnelle. Il arrive, comme dans un vieux couple, que le temps use la relation. C'est le moment alors de se séparer à l'amiable, pour retrouver le désir avec un autre.

La relation est délicate. Le joueur est le patron et l'entraîneur son employé, puisque c'est lui qui le paie. Mais sur le terrain, l'entraîneur doit être le patron et le joueur lui obéir. Il doit faire preuve d'autorité sur le joueur au risque de mettre son job en péril. Certains arrivent très vite à comprendre quel type de rapports ils doivent mettre en place ensemble. Quand l'harmonie est là, cet attelage permet au joueur de donner toute sa mesure.

Je garde un merveilleux souvenir du travail avec Emmanuel Planque. Je l'ai connu lorsqu'il entraînait Michaël Llodra, mon partenaire de double. On avait eu une relation assez difficile parce que j'avais injustement critiqué Mika suite à notre défaite en double en finale de l'Open d'Australie. Emmanuel m'avait trouvé trop dur avec Mika. Il avait raison, mais sur le moment j'étais tellement furieux du match raté que je m'étais laissé emporter. Lorsque, quelques années plus tard, j'ai appelé Emmanuel pour lui demander de m'entraîner, il a été très surpris, persuadé que j'étais fâché contre lui. Mais je ne me fâche jamais longtemps. Dans la minute où l'on a travaillé ensemble, il a trouvé le bon tempo. Lui, qui avait l'habitude de travailler avec des jeunes, a adapté son discours à mon âge, à mon jeu et à ma carrière. Il a tout de suite compris que je ne supportais pas de m'ennuyer à l'entraînement. Le travail physique était toujours ludique. Il me proposait des jeux d'adresse. Il tenait une balle dans sa main, paume dirigée vers le sol, et je posais ma main sur la sienne. Dès qu'il lâchait la balle, je devais la rattraper avant qu'elle ne touche le sol. J'ai joué des heures à ce petit jeu, en m'amusant comme un fou. Il m'a entraîné par périodes entre 2006 et 2009. Dommage que je l'aie rencontré un peu trop tard.

Sur le plan physique, je garde le souvenir d'un homme exceptionnel mais totalement atypique qui m'a suivi dans les années 1990 : Jean-Claude Perrin. Les joueurs qui l'ont pratiqué ne peuvent pas avoir oublié sa force de conviction qui nous faisait le suivre les yeux fermés. Jean-Claude pouvait me demander les exercices les plus atroces et les plus douloureux. Pendant la construction du stade Suzanne-Lenglen à Roland-Garros, après avoir franchi les barricades permettant l'accès au chantier, il m'a fait escalader une grue haute de cent mètres. J'ai dit stop quand il a voulu que je m'aventure sur le bras. Il me faisait courir dans le bois de Boulogne, parfois derrière son vélo ou son légendaire scooter, à un rythme très soutenu. Son péché mignon était de me demander de faire des pompes en plein hiver dans le bois de Boulogne sur un sol gelé. Bien sûr sans gants ni bonnet. Il considérait que mettre une paire de gants était un signe de faiblesse. On allait ensuite se réchauffer les mains sur les braseros des bûcherons. Il a su me pousser au bout de mes limites.

Lorsqu'un match est perdu, on accuse très rarement l'entraîneur. Cela n'empêche pas les discussions animées d'après match. On réagit à chaud, sous le coup de la déception, et parfois le dialogue est houleux. J'en garde quelques souvenirs, des entraîneurs aussi sans doute… Mais il y a toujours beaucoup de respect entre entraîneur et joueur. Nous sommes sur le même bateau, nous avons le même objectif. Que les soirs de victoire sont agréables à partager !

Je n'aime pas les grandes phrases d'avant match, ni les prédictions soi-disant rassurantes, comme le classique : « Tu es meilleur que lui, tu dois gagner. » Non, mon seul devoir est de faire le maximum. Un simple « bon match, fais-toi plaisir » ou un regard complice avec une main amicale posée sur mon épaule me suffisent avant de pénétrer dans l'arène. Je n'ai jamais aimé les hystériques, ceux qui remuent et communiquent leur anxiété, ceux qui se bouffent les doigts sur leur chaise. Je regarde énormément mon entraîneur pendant le match, avide de me nourrir de l'énergie qu'il me transmet. Son calme et sa sérénité me suffisent. Le règlement leur interdit de nous donner des conseils ou de faire des gestes induisant une stratégie à adopter. Je pense que les Latins ne l'ont pas lu !

De temps à autre, mon entraîneur me lance une petite phrase. Mon oreille très sélective pendant le match ne laisse passer que ses mots d'encouragement : « Allez, Fabrice ! Vas-y, accroche-toi », pas plus.

Je ne peux citer tous les entraîneurs qui m'ont suivi à un moment ou un autre de ma carrière, mais chacun à sa façon a contribué au parcours que j'ai effectué.

Que l'on grandisse à Paris, Barcelone, New York ou Sydney, on n'enseigne pas le tennis de la même manière. Pourtant, on retrouve des joueurs des quatre coins du globe au plus haut niveau. Le tennis est un des rares sports qui se joue sur plusieurs surfaces. Le joueur qui frappe ses premières balles sur terre battue ne développera pas les mêmes aptitudes, la même technique que celui qui débute sur herbe.

Comparons deux pays qui jouent les premiers rôles en haut de l'affiche : la France et l'Espagne.

Le système français est réputé très performant au niveau de la formation. Ses joueurs sont ceux qui possèdent souvent la meilleure technique avec l'éventail de coups le plus large. À l'inverse, les Espagnols possèdent moins de coups mais sont excellents dans leur filière. Notre système est parfois victime de sa trop bonne école, les joueurs ayant du mal à trouver leur style, devant la multitude de possibilités.

En résumé, les Français ont six cartes en mains contre trois pour les Espagnols. Le temps que les Espagnols passent à acquérir d'autres cartes, les tricolores le passent à savoir lesquelles ils vont jouer.

À deux mains

Je sais parfaitement que ma façon de tenir la raquette m'est particulière. Impossible de l'oublier, je l'ai tellement entendu ! D'ailleurs les joueurs à deux mains qui ont réussi au plus haut niveau sont rares. Pancho Segura, Gene Mayer et, bien sûr, Monica Seles en sont les meilleurs exemples. Cette dernière serait certainement restée longtemps au sommet de la hiérarchie mondiale si elle n'avait pas été victime d'une agression. Chaque joueur ayant cette particularité est différent. Ma spécificité tient surtout au fait que je ne joue presque que des coups droits slicés. Ce geste que je termine uniquement avec la main gauche me fait dire que j'ai deux revers ! Ce coup unique a été singé par tous les meilleurs joueurs du monde lors des séances d'entraînement. J'en ai toujours été assez fier. Depuis que j'ai attrapé ma première raquette, je n'ai jamais joué autrement. C'est un mouvement naturel. Jouer de manière traditionnelle serait compliqué pour moi. J'ai déjà essayé à l'entraînement, mais je suis très maladroit. À dix ans l'un de mes premiers entraîneurs a tenté de me faire jouer à une main en me disant : « Si tu veux progresser, devenir un grand joueur, tu dois absolument jouer ton coup droit à une main. » Déjà têtu, j'ai énergiquement refusé de changer ce geste naturel. Cette originalité était plus perturbante à voir qu'à vivre. Je gagnais tous mes matchs, alors pourquoi tout remettre en question ? Depuis plus personne n'a essayé de faire évoluer ce qui est ma « marque de fabrique ».

Parfois pourtant, cette main gauche accrochée au manche en coup droit me gêne. Lors des coups droits liftés, j'ai souvent l'impression d'avoir une main de trop, que la gauche fait barrage et m'empêche de libérer mes bras. D'ailleurs le lift n'est pas mon point fort côté droit. Le slice me vient naturellement, correspondant parfaitement à ma prise de raquette. Les autres joueurs ne l'utilisent pas, non qu'ils ne sachent pas le faire, mais ils ont mieux dans leur artillerie. Si j'avais pu remplacer mon slice par le coup droit d'Agassi ou de Federer je ne m'en serais pas privé. Dans le tennis moderne, ne faire que des slices d'un côté est une faiblesse, mais je suis arrivé à en faire une force. Je peux retourner plus tôt car je ne change pas de prise, attaquer, défendre, neutraliser, obliger mon adversaire à se déplacer latéralement, le faire avancer, reculer... C'est le coup où je suis le plus précis. Je n'ai même pas besoin de réfléchir, quand la balle arrive sur mon coup droit, je la slice systématiquement. J'utilise le lift presque uniquement en passing.

Le seul moment où je joue un coup droit à une main, c'est dans l'urgence, dans les situations extrêmes, en bout de course, quand je n'ai pas le temps de mettre la deuxième main sur le manche. C'est le coup de la dernière chance. Incapable d'en réussir un seul en début de carrière, j'ai appris à le maîtriser et je n'ai plus peur de frapper la balle de cette manière-là.

Le fait que le jeu moderne aille de plus en plus vite ne m'a pas posé de problèmes, j'ai compensé mon manque de puissance en prenant la balle plus tôt pour utiliser sa vitesse, donc la force de mon adversaire. Il faut savoir compenser ses manques en volant un peu de force à l'autre !

Tactique

Je joue au tennis comme un joueur d'échecs. En stratège.

Je n'ai pas les muscles ni le gabarit pour compter sur ma seule puissance. Je ne suis pas taillé comme les athlètes d'aujourd'hui, les Nadal ou les Tsonga qui imposent leur puissance. 1 mètre 77 et 75 kilos, ce n'est pas avec ces mensurations que je vais leur faire peur. Si j'avais voulu rivaliser par la force avec ces joueurs modernes, je n'aurais pas fait le poids. Il m'a fallu trouver une autre arme pour résister à leur puissance.

J'ai toujours considéré qu'un match se gagnait en partie avant. Il faut avoir effectué tout le travail en amont pour jouer l'esprit libre. Avoir répété tous les gestes, travaillé tous ses coups, mis en place son jeu, avoir visualisé les problèmes à résoudre, être prêt physiquement. Rien de pire que d'être envahi par des pensées négatives au cours d'un match : « Pourquoi je sers si mal ? Je suis lent, j'aurais dû mieux me préparer. Pourquoi je n'ai pas travaillé mon revers longue ligne ? » C'est trop tard. Une fois sur le terrain les dés sont jetés, il ne reste plus qu'à se battre avec les moyens du jour et à donner le meilleur. Avoir le maximum d'informations sur son adversaire est un moyen évident de ne pas se faire surprendre, mais cela est trop souvent négligé.

À ma connaissance, je suis le seul à avoir mis en fiches tous les joueurs que j'ai affrontés. Sur mon ordinateur, j'ai créé un tableau avec quatre colonnes : le style de jeu, les points forts, les points faibles et la stratégie à adopter. Comme leur jeu progresse, je mets mes fiches à jour après chacun de mes matchs face à eux ou en fonction de ce que je remarque lorsque je les vois jouer. J'ai toujours été très mal à l'aise lorsque j'avais à affronter un adversaire pour la première fois. J'ai l'impression d'arriver tout nu sur le terrain.

J'hésite à dévoiler quelques-unes de mes fiches ici. Cela me gênerait qu'un joueur encore en activité lise la façon dont je l'ai décodé. Imaginons donc que je sois mon propre adversaire, voilà la fiche que j'aurais pu remplir :

Le style de jeu de Santoro : joueur complet, pas très puissant.

Les points forts : science du jeu, revers, volée, mental.
Les points faibles : manque de puissance en coup droit, manque d'envergure.
La stratégie à adopter : ne pas s'enfermer dans un schéma de jeu. Jouer en angle. Rester humble et rigoureux. Et surtout le faire courir puisqu'il n'est plus très jeune !

Cet exercice me fait regretter de ne m'être jamais joué !

Gamin j'étais créatif sans y penser, pour le plaisir du joli point. Quand j'ai mûri, j'ai mis cette créativité au service d'une stratégie. Et je suis devenu l'emmerdeur du circuit, celui que les meilleurs n'aiment pas jouer.

La tactique est peu utilisée par les joueurs modernes qui comptent sur leur puissance. C'est dommage. Jouer sur l'incertitude de l'adversaire, tout faire pour qu'il ne sache ni comment ni où je vais renvoyer la balle est l'essence du jeu. Chaque balle qui m'arrive est un problème à résoudre auquel je dois trouver immédiatement la réponse qui va le plus gêner l'adversaire. Je m'amuse à chaque point.

Plus j'ai avancé dans ma carrière, plus je me suis considéré comme un artiste qui doit donner du plaisir aux gens qui ont payé pour venir assister au match. Le public vient me voir pour s'amuser avec moi. Les gens m'arrêtent parfois dans la rue pour me dire : « Santoro, continuez encore longtemps. »

Ne pas jouer tactiquement pour moi serait aussi absurde que de demander à Federer de ne plus utiliser son coup droit.

Il n'y a pas trente-six façons de jouer, on joue soit avec sa puissance, soit avec l'espace-temps. Les très bons joueurs jouent avec les deux, moi je ne joue que sur l'espace-temps. Si j'avais eu quinze centimètres de plus et un service à 240 km/h, j'aurais peut-être tapé sur toutes les balles. Avec mes armes j'ai cherché ce qui allait me permettre de monter plus haut. Si je voulais avoir deux coups liftés, comme les grands joueurs modernes, il faudrait que je recule d'un mètre pour avoir le temps de changer de prise entre coup droit et revers. Ce dixième de seconde que je gagnerais en reculant ouvrirait les angles et mon manque d'allonge lié à mon jeu à deux mains me pénaliserait. Je ne compenserais pas l'avantage du lift par l'inconvénient d'un jeu trop ouvert.

Plus je prends la balle tôt, plus j'utilise la puissance de mon adversaire. Je n'ai pas assez de force pour renvoyer une balle morte, alors je joue avec sa force à elle. J'utilise aussi toujours la rapidité des balles neuves. À chaque changement de balle, si c'est à moi de servir, je fais systématiquement un service croisé slicé. J'utilise la vitesse de la balle neuve pour la faire fuir. Depuis douze ans je n'ai jamais servi autrement mon premier service balle neuve. C'est devenu une superstition. Ça va amuser quelques joueurs qui ne s'en sont jamais rendu compte.

Avec l'âge je suis devenu moins performant sur terre battue. La hauteur des rebonds et le manque d'appuis à cause du sol glissant m'empêchent de pratiquer mon jeu d'attaque. Tous les spécialistes arrivent à me faire sortir de ma filière de jeu pour m'amener dans la leur. Quand je la quitte, je suis comme un gosse qui ne retrouve pas son papa et sa maman et qui cherche désespérément quelqu'un pour le ramener chez lui. Je suis perdu... et je perds. L'évolution de mon jeu me fait préférer le gazon ou le dur, intérieur ou extérieur. Je ne suis plus à l'aise à Roland-Garros depuis quelques années.

Toutes ces stratégies, et cette connaissance de mon jeu et de celui de mes adversaires m'ont permis de me maintenir à un bon niveau, mais j'ai des adversaires de plus en plus redoutables.

Depuis mes débuts sur le circuit pro, tout a changé dans le tennis. La seule chose immuable, c'est qu'il y a un adversaire de l'autre côté du filet avec une raquette dans la main. Pour le reste... Ils frappent tous très fort aujourd'hui. Nadal c'est un taureau, il dégage une puissance impressionnante. Moi je suis en total décalage avec ce qui se pratique. Tout le monde se demande comment, avec mon jeu des années 1970, mon gabarit et mes coups droits slicés, j'arrive à résister. J'essaie tout simplement, à chaque point, de mettre l'adversaire en situation d'échec.

En dehors des plus grands, Nadal ou Federer bien sûr, il y en a pas mal qui m'embarrassent beaucoup. Je pense à ma bête noire, Davydenko. Son service est suffisamment bon pour que je ne puisse pas l'agresser et c'est un des meilleurs relanceurs au monde. Sur le début de l'échange, que ce soit lui ou moi qui sert, je suis vite obligé de reculer. Et comme je suis moins bon que lui sur les deux diagonales, il ne me reste que mes yeux pour pleurer. Je l'ai joué cinq fois, je ne l'ai jamais battu. Il m'a d'ailleurs dit un jour qu'il adorait jouer contre moi. Je peux le comprendre !

On peut toujours trouver du plaisir à jouer un adversaire qui vous pose des problèmes. Il m'arrive même de trouver parfois assez fun de jouer sans être au top de ma forme.

La connaissance très précise de mon corps, de ses réactions, de mes ressources et de mes limites m'aide beaucoup pour la gestion des matchs. Je sais quand je dois récupérer et comment, quitte à lâcher un set. Quand les joueurs s'en aperçoivent, ils me prennent pour un Martien.

Je me souviens d'un Roland-Garros contre Marat Safin en 2001. Je menais deux sets à zéro, tout près de conclure au troisième set. Finalement, je le perds. À l'entrée du quatrième, je suis mort. Plus de jus. Incapable de continuer à ce rythme. Il y avait 15 000 personnes sur le central. Je ne rêvais que d'une chose, prendre le micro et leur dire à tous : « Écoutez, je suis épuisé, je vais faire un break de

J'ai trois ans sur cette photo de famille. Ma préférée ! Mon père a sensiblement le même âge que moi aujourd'hui.

J'ai huit ans et je dispute ici une compétition de jeunes à Saint-Raphaël.

En 1983, à l'occasion d'une rencontre internationale Israël-France, j'effectue mon premier voyage à l'étranger (en short bleu au premier plan). Entre deux matchs, nous croisons Yannick Noah.

C'est ma première victoire en tournoi au TC Littoral. Nous sommes en 1981.

En 1986, je remporte les championnats de France à Roland-Garros chez les minimes. Je me vois remettre ici le trophée sur le court n°2.

À quatorze ans, un style déjà très personnel.

J'ai seize ans et je signe des autographes à des passionnés presque aussi jeunes que moi. C'est un sentiment assez étrange.

Aux côtés de Luigi Borfiga, entraîneur national, et de mes parents lors de l'Orange Bowl en 1988, l'équivalent des championnats du monde cadets.

Devant la maison à La Seyne-sur-Mer, nous posons en famille.

En 1990 à Roland-Garros, je reçois des mains de Monica Seles le prix Bourgeon qui couronne un talent prometteur. Monica l'avait elle-même reçu l'année précédente.

Arènes de Nîmes en 1991. Quart de finale de coupe Davis face à l'Australie. Je dispute et gagne le match décisif qualifiant la France en demi-finale. Près de vingt après, l'émotion est encore là. Ma sortie sur les épaules de Yannick Noah est un moment fort de ma carrière.

Une de mes autres passions : le football. À Pau, avant de disputer une rencontre de coupe Davis, nous improvisons un match de football. Je joue avec le Dr Montalvan et Cédric Pioline (de dos).

Le 19 octobre 1997, je remporte mon premier tournoi à Lyon battant en finale le jeune Allemand, Tommy Haas.

Après avoir perdu en finale de la coupe Davis chez nous face aux Australiens en 1999, nous nous imposons à Melbourne et ramenons le trophée « à la maison ». Une réception a lieu à l'Élysée pour célébrer ce grand moment. Autour du président Jacques Chirac, on distingue (de droite à gauche) Arnaud Clément, Nicolas Escudé, Guy Forget, Christian Bimes (président FFT), Cédric Pioline et moi.

Avec Michaël Llodra, je remporte en 2004 ma deuxième victoire en grand chelem lors du tournoi de double de l'Open d'Australie.

Amélie est celle avec qui j'ai le plus de complicité sur le circuit. Logiquement, nous avons disputé des tournois en double mixte comme ici à Roland-Garros en 2006.

Moment de complicité avec Roger Federer lors de l'Open d'Australie 2008. Ce jour-là, je bats le record de participations à des tournois du grand chelem (62) détenu jusqu'alors par André Agassi. À l'issue de sa balle de match victorieuse, il me glisse à l'oreille : « Félicitation pour ton record ! »

Mars 2008. Tournoi de Dubaï. Cette photo m'enchante car elle montre assez bien dans quel état d'esprit je suis depuis que ma fille Djénaé peut m'accompagner sur le circuit. Je viens de terminer de dessiner avec elle sur l'herbe à quelques mètres seulement du court où je suis sur le point de disputer une rencontre face à Nenad Djokovic, qui, lui, se prépare soigneusement (on le devine au fond à gauche).

Jean Gachassin et la Fédération française de tennis ont tenu à me rendre hommage lors de mon dernier Roland-Garros en juin 2009. Un moment émouvant et un discours difficile à prononcer !

vingt minutes et je reprendrai ensuite. » Je ne l'ai pas dit, mais je l'ai fait. J'ai laissé filer le quatrième set, j'ai pratiquement arrêté de jouer, je me suis reposé. J'ai enchaîné les zéros, 1-0, 2-0, 3-0. Le public voyant que je ne jouais pas, a commencé à me siffler. Il fallait être confiant pour continuer ma stratégie. Pendant que les balles passaient, je prenais mon temps, je respirais calmement. 4-0, 5-0, 6-0. Tout le stade contre moi. Au début du cinquième set, Safin gagne encore le premier jeu. Il était sur sa lancée et j'ai eu du mal à remettre le moteur en route. Ensuite j'ai repris le combat de plus belle et j'ai gagné 6-1. Le public a alors compris ce que j'avais fait. C'est un souvenir magnifique.

À seize ans, même à vingt, j'aurais été incapable de faire ce choix de jeu. Pour l'oser il faut se connaître parfaitement et être conscient que c'est votre seule possibilité de gagner. J'étais sûr ce jour-là que c'était l'unique solution, mais pas sûr du tout qu'elle allait fonctionner. Un sportif évolue constamment entre doute et confiance.

Un court, pour les matchs en simple, est un terrain rectangulaire de 23,77 m sur 8,23 m avec un obstacle au milieu d'une hauteur de 914 mm. Pas si compliqué que ça à couvrir pour un joueur athlétique qui a en plus l'allonge du bras et de la raquette ! Le but du jeu est d'empêcher l'autre de faire le point. Facile, à condition de bien connaître le jeu. Finalement, toute la difficulté de ce sport c'est d'adapter en permanence son déplacement à la balle qui arrive. On m'a souvent qualifié de joueur rapide, mais je ne suis pas un sprinter. Je suis rapide grâce à trois qualités : je vois vite, j'anticipe énormément et j'essaie toujours de jouer le coup juste. Jouer le coup juste veut dire au minimum se protéger, au mieux mettre l'autre en difficulté. Il s'agit de jouer la balle dans une zone où l'adversaire ne sera pas trop dangereux et qui va faciliter mon replacement. Il faut toujours adapter sa vitesse de replacement au coup que l'on vient de jouer. En fait, on peut résumer le tennis en adaptant un proverbe : rien ne sert de courir, il faut arriver à point.

Mon adversaire ne sait jamais ce que je vais faire, c'est ma force. Si je jouais de manière prévisible, je serais facile à battre.

Ce qui m'a beaucoup aidé, c'est que j'ai toujours réfléchi à mon sport, j'ai toujours voulu comprendre pour progresser. Et j'ai fait des petites trouvailles que je n'aurais jamais révélées si je n'avais pas décidé d'arrêter ma carrière. Peut-être le fruit de mes réflexions va-t-il aider quelques joueurs... Je n'ai jamais aimé affronter un joueur pour la première fois. Partir dans l'inconnu me dérange. J'aime savoir où je mets les pieds. Lorsque cela se produit, je dois me faire une idée du jeu de l'adversaire dans les cinq minutes d'échauffement. J'ai une tactique presque infaillible pour déceler les forces et les faiblesses de l'autre. À l'usage, je me suis rendu compte que pour les deux coups importants que sont le coup droit et le revers, dans 90 % des cas, le coup fort était celui où il frappe la balle le plus tôt, où le plan de frappe est le plus vers l'avant. *A contrario*, le coup le plus faible est le plus en retrait. Cela s'explique très simplement. C'est un réflexe naturel d'aller vers ce que l'on aime et de différer ce que l'on n'aime pas. J'ajouterai qu'il est nécessaire de varier les hauteurs et les effets pour voir comment son adversaire réagit. En cinq minutes, en faisant jouer des coups droits, des coups droits, des coups droits, puis des revers, des revers et encore des revers et en analysant la position de mon adversaire, j'arrive à voir, avec très peu de risques de me tromper, quel est son coup fort.

Je me suis aperçu que 90 % des joueurs qui ont un revers à deux mains retournent mieux de ce côté-là. Donc, en début de match, je sers toujours sur le coup droit de l'adversaire que j'affronte pour la première fois, s'il a un revers à deux mains.

J'ai une astuce pour déranger les gros serveurs, ceux qui enchaînent les aces. J'essaie de les mettre en difficulté sur leur deuxième balle. Le bon serveur comprend vite que, s'il rate sa première, il se fera agresser en début d'échange. Information souvent suffisante pour réduire son efficacité au service. Il choisit parfois d'assurer sa première balle pour éviter ce scénario. Il y a malheureusement des joueurs qui ont aussi une grosse deuxième balle de service. Avec ceux-là, l'affaire se complique, mais ils ne sont pas nombreux.

Le type de jeu qui m'arrange, c'est celui du joueur talentueux mais négligent avec un poil d'arrogance, qui se dit : « Je joue contre Santoro, je vais lui marcher dessus parce qu'il n'est pas très grand et qu'il ne joue pas très vite. » Trop sûr de lui, il va à un moment ou un autre être victime de son talent et me laisser une ouverture. Je suis toujours à l'affût de la faille dans laquelle m'engouffrer. Alors que le laborieux rigoureux ne lâche rien, il reste toujours concentré. J'ai parfois perdu face à des joueurs beaucoup moins bons que moi sur le papier. C'étaient souvent des laborieux rigoureux.

Au moment où j'écris ce livre, il me reste quelques tournois avant d'arrêter, et je n'ai pas dit mon dernier mot. Je ne me sens pas encore sur le déclin, j'ai eu mes meilleurs résultats après trente ans. J'espère en embêter encore quelques-uns

Le stress

J'ai souvent entendu des joueurs dire : « Moi, je n'ai jamais peur. » Les menteurs ! On a tous peur, avant et pendant. Nous connaissons tous cette sensation de la boule au ventre et du bras qui tremble.

Moi ça m'a pris en début de carrière pro. J'étais terrorisé, alors qu'enfant, vers dix, douze ans, lorsqu'on me parlait de pression, je ne comprenais même pas le sens de ce mot. Puis elle m'est tombée dessus dans un paquet-cadeau qui regroupait le stress de la compétition, la peur des médias, la crainte des réactions du public... Et j'ai vraiment su ce que pression voulait dire. J'en ai même repéré deux formes différentes : la pression extérieure et celle que l'on se met soi-même. La pression extérieure reflète souvent un manque de confiance en soi, un manque d'expérience, un manque de maturité. Un entourage qui dit des mots d'encouragement avant un match pour vous aider, une parole maladroite comme : « Je te sens bien aujourd'hui », rajoute de la pression. Pour la gérer il faut dominer l'événement, se protéger, se blinder.

Celle que l'on se met soi-même est saine et naturelle. Quoi de plus normal que d'avoir peur de mal faire lorsqu'on fait tout pour bien faire ? Il n'y a pas de pression sans ambition. On parle souvent de celle ressentie par les meilleurs joueurs, pas si sûr que le numéro 1 mondial en ait plus que le 100e . Elles sont simplement différentes. Tout le monde s'attend à ce que le numéro 1 gagne, alors que le 100e doit au moins conserver son classement pour préserver son métier.

On imagine ceux qui abordent la carrière pro comme de solides gaillards, alors que nous sommes encore des enfants. Moi quand j'étais ado, j'étais rempli de doutes. Je me sentais jugé en permanence. Pendant la nuit, je jouais le match au moins deux fois et je me réveillais au petit matin épuisé. J'avais des problèmes avec mon service et je faisais un cauchemar récurrent : mon service rebondissait sur la chaise de l'arbitre et je me faisais siffler par tout le public. Cette période douloureuse, où je grillais toutes mes forces avant d'entrer sur le terrain, a duré les sept ou huit premières années de ma carrière. C'est long.

En 1996, j'ai travaillé avec une psy qui m'a appris la visualisation. Dans les moments de stress intense, je devais faire apparaître des images de bonheur. Lorsque je sentais monter la peur, je m'imaginais, en une image flash, détendu sur une plage puis je me replongeais dans le match. Ce travail de sophrologie m'a beaucoup aidé, je m'en sers encore aujourd'hui.

Un sportif stressé c'est comme une voiture mal réglée qui consommerait trop d'essence. Aujourd'hui j'ai un réservoir de cinquante litres au lieu des soixante-quinze qu'il contenait quand j'étais plus jeune mais je sais le faire durer et l'utiliser jusqu'à la dernière goutte. Le stress vide les batteries en tétanisant les muscles et en bloquant la respiration.

En devenant papa, la maturité aidant, j'ai compris qu'il y avait des enjeux plus importants dans la vie que de gagner ou perdre un match. Ma vie de joueur en a été allégée. Je ne connais plus les crampes ni les courbatures liées au stress. Un joueur n'a jamais de crampes après cinq heures d'entraînement. Pourquoi le même joueur en souffre-t-il après trois heures de match ?

Je ne ressens plus jamais de tension, ni de crispation des muscles. Depuis dix ans je n'ai presque plus de courbatures après les matchs, même si j'en sors épuisé. À l'Open d'Australie en 2008, à trente-six ans, j'ai joué un match de quatre heures dix par 38 °C. À la fin du match, j'étais tellement cuit que, pour la première fois, je n'ai pas pu porter mon sac. Mon ami Yves Allegro est venu le chercher. J'ai attendu un quart d'heure avant de pouvoir me lever de ma chaise, arriver à marcher, et quitter le terrain. Le lendemain, je n'avais pas une courbature. J'ai une méthode efficace pour récupérer. Je m'étends sur le dos et je plaque les jambes contre un mur à la verticale, en collant mes fesses le plus près possible du mur. Je fais cet exercice dix minutes le soir avant de m'endormir et *idem* le lendemain matin, au réveil. C'est pour moi la meilleure des récupérations.

Les veilles de match, je dors comme un bébé, aussi bien que pendant les vacances. Plus de cauchemars. Il faut dire que j'ai nettement amélioré mon service ! Il n'y a guère que les problèmes personnels qui peuvent troubler mon sommeil.

J'ai encore une petite boule avant d'entrer sur le terrain lorsqu'il y a un enjeu important. C'est une sensation agréable, qui me permettra de jouer à mon meilleur niveau. C'est de l'adrénaline, c'est bon.

Superstitions, tics et tocs

J'ai été un joueur maladivement superstitieux... et il m'en reste des traces. Ces comportements me semblent tellement naturels que j'en oublie qu'il s'agit de superstitions. En début de carrière, après un match gagné, je cherchais à retrouver le même scénario, les mêmes images, le même rituel pour le suivant. Si mon entraîneur était assis sur tel siège, je lui demandais de reprendre le même le lendemain. Éric Deblicker n'a jamais voulu entrer dans mon petit jeu, et son refus m'a toujours ennuyé. Une fois il a surpris sa femme en train de laver son chemisier dans le lavabo de l'hôtel. Je lui avais demandé de le remettre le lendemain de ma victoire pour qu'elle soit habillée de la même manière pour le match suivant.

Me revient en mémoire une superstition censée me porter chance qui a été la cause d'une cuisante défaite. C'était en 1995, au tournoi d'Estoril sur terre battue, au sud du Portugal. J'étais seul, sans entraîneur. La veille de mon premier match, je vais manger un plat de pâtes dans un restaurant à côté de l'hôtel. En sortant je m'arrête dans une petite épicerie et j'achète une tablette de chocolat noir. Sur le chemin de l'hôtel, carré après carré, je mange toute la tablette. Le lendemain, je gagne le premier tour. La tablette m'a donc porté chance. Le soir je vais manger le même plat de pâtes, au même endroit, suivi de la même tablette de chocolat noir. Le lendemain, je gagne. Même rituel le soir, pâtes et chocolat. Le lendemain, je bats Corretja, un joueur que je n'avais jamais battu sur cette surface. C'était inespéré. Cette tablette de chocolat était vraiment miraculeuse. Avant la demi-finale, j'avale encore mes 250 g de chocolat noir. La tablette de trop. Toute la nuit je me suis tordu de douleur. Le lendemain j'ai perdu contre Costa 6-1, 6-0. J'ai été malade pendant trois jours, ce qui m'a aussi fait perdre prématurément au tournoi de Nice qui succédait à Estoril.

Je crois être devenu un peu moins superstitieux, sans doute parce que j'ai aujourd'hui plus confiance en moi que dans le sort, mais il me reste, comme à tous les joueurs, des rituels dont je ne peux absolument pas me passer : quand le juge-arbitre vient me chercher aux vestiaires, je bois toujours une gorgée d'eau. Je ne quitte jamais ma chaîne porte-bonheur, pourtant beaucoup trop lourde, et je la replace dans mon polo entre chaque point. Je suis toujours le même trajet pour rejoindre ma chaise. Lorsque c'est à moi de servir, avant de me positionner, je fais rebondir la balle six fois si je viens de gagner le point et douze si je viens de le perdre. Pour mon premier service, je choisis toujours la balle la plus neuve et je prends la plus peluchée pour le deuxième. Je ne sais pas si c'est la sagesse ou un rituel, mais bien qu'on m'ait souvent dit de prendre mon temps avant les points importants, je conserve mon rythme habituel pour rester dans ma routine. Je pourrais sans doute encore allonger la liste. Mais de tous les tics, tocs et autres rituels, celui qui m'est propre et m'aide le plus, c'est le regard que je jette entre chaque point à mon clan. Je bois littéralement leur regard. Et lorsque je suis au bout du monde, sans personnes proches dans les gradins, lorsque je ne peux compter que sur mes propres forces, là je me sens vraiment très seul.

Bobos et blessures

Quand on pratique un sport de haut niveau il y a toujours des voyants qui s'allument. Une douleur à droite, un bobo à gauche. C'est le signe qu'on a trop forcé et que le corps demande à se reposer. Il faut écouter son corps sans s'écouter, ne pas se précipiter sur les anti-inflammatoires qui risquent, en masquant la douleur, de faire plus de dégâts encore. Mon médecin m'a dit un jour : « Le corps veut toujours guérir. » Prendre des médicaments antidouleur, c'est un manque de respect pour lui, c'est perturber le cycle naturel de récupération. Moi, je lui fais confiance. Quand j'ai mal, dans la plupart des cas, j'attends que ça passe. Bien sûr il y a les « vraies » blessures, celles qui nécessitent un traitement adapté. Mais combien de fois ai-je eu la sensation que donner un peu de « vacances » à son organisme suffisait à le remettre sur pieds.

Je compare souvent le corps d'un sportif de haut niveau à une voiture. Le matin il ne faut pas la brutaliser. Le moteur doit chauffer, l'huile se répartir dans les rouages, avant de vouloir lui donner sa puissance. On peut changer les pièces, lorsqu'on les remplace, la voiture ne fait pas la différence. Les pièces du corps se changent plus difficilement. Le corps a une mémoire. Il n'oublie jamais s'il a eu mal. J'ai toujours respecté cette mise en route qui m'a permis d'éviter bon nombre de blessures. De la même façon, je ne me suis jamais entraîné le lendemain d'un coucher tardif. C'est dans ces moments-là, fatigue, manque de vigilance, qu'on risque de se blesser. Mal mangé, un peu bu, peu dormi...

Je me suis blessé à Roland-Garros en 1993 lors d'un double mixte avec Mary Pierce. J'avais complètement raté mon tournoi, défaites au premier tour en simple et en double. Mon plus mauvais Roland-Garros. J'ai voulu aller me changer les idées. La veille du double mixte, je suis allé sur le plateau de l'émission « Taratata » pour écouter la chanteuse Elsa que j'admirais quand j'étais gamin. Je suis rentré un peu tard, sans excès, mais trop pour un joueur qui jouait le lendemain. En plein match j'ai chuté et je me suis blessé au pouce. Je n'avais pas encore appris qu'il ne faut jamais sortir une veille de match.

Mai 1996. L'époque où j'ai du mal à retrouver ma motivation. Je joue comme une machine, mon jeu me déplaît. À trois semaines de Roland-Garros, je dispute le tournoi de Prague face au Norvégien Christian Ruud. Je ne suis pas vraiment concerné par ce qui se passe sur le terrain. Je n'ai plus la flamme. C'est souvent dans ces circonstances que la blessure arrive. Un mauvais appui qui entraîne une entorse, une récupération négligée qui débouche sur une douleur... En plein match, alors que je recule loin derrière ma ligne de fond de court pour frapper un revers, j'arme mon geste en passant sans m'en rendre compte ma raquette dans le dos du juge de ligne. Je m'apprête à frapper ma balle quand, sur le geste retour, ma raquette heurte violemment le dos du juge de ligne. Je crie de douleur, lâche la raquette et réalise que j'ai sans doute abîmé mon poignet gauche. Après m'être excusé auprès du juge de ligne qui souffre lui aussi, je regagne ma chaise pour recouvrir tout de suite mon poignet de glace.

J'abandonne la partie. Mon poignet enfle. Je prends le premier vol pour Paris. Mon médecin, Bernard Montalvan, me fait faire les examens nécessaires. Diagnostic : une opération du poignet ou six semaines de plâtre. L'opération est vraiment le dernier recours. On choisit le plâtre, sachant que, dans tous les cas, pour la première fois de ma carrière je ne pourrai pas jouer Roland-Garros.

Une blessure est un arrêt brutal dans la vie d'un sportif, un événement très déstabilisant, suivi immédiatement par le doute, l'angoisse, parfois la dépression liée à la crainte de ne plus jamais revenir à son meilleur niveau. Parmi toutes les blessures possibles sur chaque partie du corps que peut connaître un joueur, la pire est celle de la main, ce lien direct avec la raquette.

Convaincu que les blessures n'arrivent jamais par hasard, et frustré de rater Roland-Garros, j'ai profité de ce repos forcé avec mon poignet plâtré pour faire un bilan. Cette réflexion m'a permis d'étudier mon jeu, de sortir de ma léthargie et de progresser. Je n'ai jamais été blessé lorsque j'étais dans une dynamique positive, plein de projets, d'ambition. Au vu du nombre de matchs que j'ai joués, j'ai en fait été très peu blessé. J'ai toujours été très respectueux de cet outil de travail qu'est mon corps.

Les douleurs

La douleur est notre compagne. J'ai longtemps pensé que souffrir en jouant voulait dire que je manquais de préparation, persuadé que, lorsque je serais prêt, je ne souffrirais plus. Mais non. Un joueur a toujours mal dans son corps. Parfois c'est le cœur qui monte un peu trop, le souffle qui fait défaut, le plus souvent ce sont les muscles qui demandent grâce par manque d'oxygène. On a l'impression qu'on ne pourra pas tenir une minute de plus, que le match est perdu. Mais à partir du moment où la douleur arrive, il y a simplement un autre match à jouer derrière. Un match psychologique.

La douleur, ce n'est pas une blessure, ce n'est pas une maladie, ce n'est que de la douleur, rien que de la douleur. Elle est très subjective. Chacun a sa propre façon d'y résister. Nadal est capable de livrer de gros combats en repoussant la douleur. L'oublier est impossible, alors il faut la gérer, se battre contre elle. Aborder ce deuxième combat en se disant : « D'accord j'ai mal, mais je ne suis pas tout seul, mon adversaire aussi. » Ne pas perdre son énergie si le score n'en vaut pas la peine en évitant les courses longues perdues d'avance, aller au bout de son effort quand c'est important.

Le jour où j'ai accepté cette douleur, j'ai gagné des combats acharnés. Comme en 2004 à Roland-Garros. Le match le plus long de l'histoire du tennis face à Arnaud Clément. Six heures trente-cinq de combat. Au bout de deux heures et demie, trois heures de match, on a mal. Très mal. Mais la tête repousse les limites.

Certains adversaires vous font souffrir, mais il peut y avoir en plus le climat qui vous fatigue, le match qui dure, et la surface qui ne vous convient pas… Lorsque tous ces paramètres sont réunis, comme à Melbourne en 2006 face à Gaston Gaudio, c'est l'enfer ! Un Latin qui m'impose des échanges longs, un match qui n'en finit pas et une chaleur inhumaine. En arrivant dans l'arène, j'ai cru entrer dans un sauna. 40 °C à l'ombre. On pouvait faire cuire un œuf sur le terrain. Le combat à peine commencé, je me suis dit : « Mais comment est-ce que je vais faire pour tenir ? » L'adversaire était plus jeune que moi, avec un style de jeu qui me faisait courir. J'avais du mal à respirer, mal au dos, mal aux muscles, le soleil qui brûle, les pieds en compote, seul le mental m'a permis de tenir. S'il avait dit « stop », c'était fini. Le match a duré quatre heure trente et j'ai finalement gagné !

Je garde en mémoire le souvenir précis des souffrances de ce jour-là, mais plus encore la fierté d'avoir su repousser mes limites. Jusqu'à un point où je ne pensais pas être capable d'aller. Souffrir alors devient presque un plaisir.

Oui, tout sportif de haut niveau est un peu maso mais il sait que la récompense est au bout. Lorsqu'on est seul aux vestiaires, seul sous la douche, seul dans sa chambre d'hôtel, à ce moment-là, entre soi et soi, on se dit que le combat était beau et qu'on l'a gagné. On en a même gagné deux, celui contre l'adversaire et celui contre soi. Rien n'est plus beau qu'un combat qui vous conduit au bout de vous-même.

Quand on a mal partout on peut se dire : « Je lâche, je débranche la tête, je laisse partir le match. » C'est tellement simple. On quitte le terrain plus tôt, on prend la douche tout de suite, on mange avant et on rentre vite chez soi. Mais que c'est triste ! Je le sais, j'ai parfois lâché, je n'en suis pas fier.

Parce que, quand je rentre sur un terrain, le minimum pour moi, c'est de faire le maximum. Le public vient nous voir pour voler quelques heures de rêve. On doit tout lui donner. Un joueur prêt à mourir sur le terrain est toujours, toujours, soutenu par le public. Peu importe son niveau de jeu. Celui qui arrête dès qu'il a mal, c'est un boxeur qui abandonne à la première droite encaissée.

Pourtant j'ai arrêté des matchs, trois fois durant l'année 2007. Mais jamais par souffrance physique. Les douleurs étaient morales, terribles, suite à la rupture avec la mère de ma fille. Les douleurs physiques se gèrent toujours, les morales arrivent comme un coup de poignard. Les gens imaginent que le sportif est un robot. Mais un robot avec un cœur. Parfois le mien était en miettes.

Même Federer, le plus grand des robots, a montré le sien à la cérémonie de remise de trophée de la finale de Melbourne 2009. Il a fini le match en larmes. Ce n'est pas rien de voir Federer dans une tristesse insurmontable. Il a dit entre ses larmes : « Cette défaite, ça me tue. » Et l'assassin Nadal en était gêné. C'est rare un vainqueur gêné.

Combien de fois durant cette année 2007 me suis-je caché sous ma casquette pour pleurer en cours de match, submergé par une émotion fulgurante ? Je jouais mal, mais je jouais. Le match doit continuer. Pour le public. Et pour soi. Quand le privé va mal, si on lâche le professionnel, il n'y a plus rien. Vous êtes amputé d'une jambe et vous vous coupez l'autre.

En s'accrochant, en se battant contre soi, en ne lâchant rien on découvre toutes ses ressources, tout ce que l'on est capable d'encaisser.

Cette année-là j'ai joué des matchs importants en dormant deux heures la nuit précédente et sans manger avant, parce que je ne pouvais rien avaler. J'ai tenu. J'ai parfois joué dans des états de souffrance morale inimaginables pour le public.

Je me souviens de Newport 2007. Je ne mangeais pas, je ne dormais presque pas, j'étais exténué et cinq jours après le début du tournoi c'est moi qui soulevais la coupe. J'ai compris ce jour-là que lorsque l'on vit des épreuves difficiles on accède à des réserves enfouies quelque part.

Parfois le ciel est bleu et on perd. Et un jour de gros nuages noirs, on gagne. Lorsque tous les voyants sont au vert, on est moins vigilant. Mais si l'on n'a pas dormi, pas mangé, on se dit : « Attention, il va falloir gérer intelligemment mon capital. »

Mais parfois j'ai été submergé. Impossible de tenir. Si je continuais, je sentais que j'allais tomber. Je ne voyais même plus la balle. Ça m'est arrivé trois fois. Je n'ai jamais quitté un terrain par fatigue, je l'ai quitté en larmes. On ne peut pas jouer avec de la buée devant les yeux.

Perdre

Une défaite, c'est une micro, une mini ou une méga dépression, qui peut durer quelques minutes, quelques heures ou quelques mois. En début de carrière je trouvais que perdre était insultant. Lors de ma première défaite, à neuf ans, je me suis effondré. Mes parents m'avaient préparé, ils avaient essayé de me faire comprendre que je ne gagnerais pas toujours, mais je ne voulais pas les entendre. J'ai perdu contre Guillaume Marx, un joueur alsacien de mon âge, mais beaucoup plus grand que moi. Je me suis écroulé en sanglots. Je découvrais après deux années de tennis ce que beaucoup découvrent après deux heures. Ça a été un choc de réaliser que je pouvais perdre. J'ai mis du temps à l'accepter.

À dix-huit ans, chaque défaite était encore une catastrophe. Je n'ouvrais pas la bouche de la soirée, je me remettais en cause, je retournais les phases de jeu dans ma tête, je trouvais ça injuste, j'en voulais à la terre entière et surtout à moi-même. Aujourd'hui, quand je perds un match… je n'ai perdu qu'un match. On n'est pas des robots, on ne peut pas jouer au top tous les jours. Mais il faut tout faire pour essayer. Après vingt années de carrière, j'analyse plus vite mon résultat. Et si j'ai la sensation d'avoir simplement affronté un adversaire trop redoutable pour moi ce jour-là, la déception est de courte durée. Il m'arrive même de retirer des satisfactions d'une défaite lorsque le combat a été beau. Ce que je recherche avant tout, ce sont de belles émotions face à de grands joueurs, dans des tournois majeurs et devant un public surchauffé. Il m'arrive à la fin d'un match perdu de remercier mon adversaire en lui disant : « Je me suis régalé. »

Je sais que je ne pourrai jamais retrouver ces sensations dans ma seconde vie, alors je goûte chacune de ces minutes magiques. Comme celles que j'ai connues à Flushing Meadows contre Federer en août 2005. Il est 21 heures, c'est la session de nuit, tout Manhattan est là dans les gradins pour voir le numéro 1 mondial incontesté. Il se trouve que c'est moi qui suis en face, le petit Frenchie déjà un peu vieux. Le défi pour moi est au moins d'essayer de le titiller, ou mieux, sait-on jamais... Je lui tiens tête pendant trois heures. L'ambiance est électrique. Les 23 000 New-Yorkais présents font la « ola » aux changements de côté et nous offrent une *standing ovation* après la balle de match. Ensuite, sur le terrain, le speaker me tend le micro pour que je dise quelques mots. Il s'est passé quelque chose de spécial ce soir-là. Il y a des victoires dont je ne me souviens pas, mais cette défaite-là, je ne l'oublierai jamais. Ça a été ma plus belle. Je suis sorti du terrain battu mais heureux. Le public se moque du nom du vainqueur. Ce qu'il veut, c'est zapper ses soucis et se dire : « C'était bien, on reviendra. »

En mars 2009 à Miami, ma défaite contre Kiefer a été rude. Je le joue au deuxième tour, après une victoire rassurante contre un jeune Brésilien, Thomaz Bellucci. Même si Kiefer est 30e mondial, je l'ai battu six fois sur huit et il est prenable. La partie se déroule bien, je le dérange, je ne domine pas, mais je contrôle le match. Je remporte le premier set 7-5. Au deuxième set, break, debreak, et on arrive à 6-5 en ma faveur. Je mène 30-40 sur son service. Balle de match pour moi. Il rate sa première balle. Le connaissant je sais qu'il peut prendre un risque sur la deuxième, mais je ne me méfie pas assez. Son service est puissant et lifté, je me laisse surprendre et je rate mon retour. On est à 40A. Dans le tie-break, à deux points du match, je suis un peu maladroit sur un passing. Il remporte le tie-break et prend un ascendant énorme. Je suis plus fatigué que lui, il remporte le troisième set et le match.

C'est une défaite gênante pour moi à plusieurs titres. Perdre en ayant eu une balle de match est toujours frustrant. Et en cas de victoire, ce match m'aurait permis de jouer Federer, peut-être pour la dernière fois de ma carrière. L'occasion était à ma portée et je ne l'ai pas saisie. Je suis sorti très triste du terrain. Comme après chaque défaite, j'ai cherché le moyen de rentrer au plus vite chez moi. Hors de question de dormir à Miami, je n'ai pas voulu ruminer ma défaite dans une chambre d'hôtel. C'est dans l'avion que j'ai refait le match. Pas suffisamment vigilant sur sa deuxième balle de service, pas suffisamment entraîné pour tenir le troisième set. Immédiatement j'ai planifié les entraînements de ma semaine pour préparer au mieux les autres tournois de l'année. Un joueur de tennis est un trampoline qui doit tout de suite rebondir. Il m'est devenu plus facile de gagner le jour où je n'ai plus eu peur de perdre. Il faut juste trouver un équilibre entre les victoires et les défaites pour garder le désir. Un gamin qui tombe chaque fois qu'il prend son vélo va vite arrêter.

4.

MA TRAJECTOIRE

Aurais-je pu mieux faire ?

Je suis présent depuis tellement longtemps sur le circuit que les gens ne savent plus très bien quels ont été mes meilleurs résultats. Ils mélangent souvent victoires en simple et en double, m'imaginent beaucoup plus, ou beaucoup moins haut que je n'ai été. En réalité mon meilleur classement chez les pros a été 17ᵉ mondial en simple en 2001 et 6ᵉ mondial en double fin 1999. Depuis une dizaine d'années je me maintiens autour de la 40ᵉ place. Lorsque j'avais quinze ou seize ans, beaucoup me voyaient atteindre les premières places. En revanche quand j'ai eu vingt-cinq ans, tout le monde me pensait sur le déclin. Yannick Noah a avoué récemment : « Je suis sidéré par la performance de Fabrice. Je n'aurais jamais imaginé qu'il ferait une aussi belle carrière. » John McEnroe a lui aussi déclaré : « J'ai joué une fois contre lui il y a longtemps et, avec son style bizarre, je ne le voyais pas aller aussi loin. »

Même des entraîneurs m'ont dit : « Quand je te vois jouer, je n'y comprends rien. » Les discours sur mes réelles capacités ont toujours été très contradictoires, entre déception et étonnement. J'ai en fait l'impression de m'être construit seul, aussi bien sur le terrain que dans la vie, et j'y ai pris du plaisir. Cela explique en grande partie pourquoi j'ai obtenu mes meilleurs résultats sur le tard. J'aurais aimé savoir à vingt ans ce que je sais aujourd'hui. En fait j'aurais fait bien mieux si j'avais eu trente-cinq ans à vingt ans ! Voilà aussi pourquoi j'ai l'impression que je pourrais continuer à jouer jusqu'à quarante.

Est-ce que j'aurais pu avoir un meilleur classement ? Difficile de répondre à cette question. Peut-être 12e au lieu de 17e, mais 55e ce n'était pas ma place. Jeune, il m'a été facile d'être le meilleur de ma catégorie, mais une fois chez les pros, à seize ans, j'ai dû affronter tous les plus grands joueurs du monde.

Je ne pense pas que j'avais le jeu ni le physique pour faire mieux. Il y a une logique entre ce que je suis et ce à quoi je suis arrivé.

Les champions les plus titrés disent : « Depuis mon plus jeune âge, j'ai toujours rêvé d'être numéro 1 mondial. » Pour devenir le premier, il faut avoir grandi avec cette idée. Je n'avais pas les moyens de l'être, mais je ne l'ai jamais envisagé. Mon rêve, c'était de vivre de ma passion, d'en faire mon métier. Pas d'être le premier.

Finalement, avec du recul, ce qui m'a manqué pour aller plus haut, c'est peut-être l'ambition. Si je retrace mon parcours, je me dis que mon seul et unique objectif a été de jouer en m'amusant, de prendre du plaisir à chaque match. Cela a peut-être nui à mes résultats. Encore aujourd'hui lorsqu'on me demande « Mais pourquoi est-ce que tu continues ? », je réponds : « Parce que je m'amuse. »

Tout au long de ces années, j'ai cependant toujours cherché à progresser, pour atteindre 100 % de mon potentiel. Aujourd'hui, à trente-six ans, je pense l'avoir exploité à 99 %, compte tenu des faiblesses qui sont les miennes. Je ne suis pas taillé pour le jeu moderne et pourtant, malgré toutes les évolutions du jeu et des joueurs, j'ai su maintenir mon niveau. Je vais pouvoir tourner la page sereinement parce que j'ai tout donné. Je n'ai pas de regrets de n'avoir pas été numéro 1. Certains hommes politiques sont faits pour être ministres et pas président. Je suis de la race des ministres.

Mes victoires en simple

J'ai remporté de nombreuses finales chez les jeunes, puis plusieurs tournois challengers (regroupant des joueurs classés au-delà de la 50e place mondiale), j'ai réalisé quelques beaux parcours en grand chelem, et j'ai gagné six tournois ATP. Les non-spécialistes vont trouver ce palmarès un peu court. Les connaisseurs apprécieront. Sans être ébloui par ma performance, je trouve honorable d'avoir remporté à six reprises des tournois majeurs. Combien de joueurs talentueux n'auront jamais connu ce plaisir ?

Chacune de ces victoires tient une place à part dans ma mémoire. J'ai joué bon nombre de tournois avec tous les voyants au vert : j'étais en forme, favori parfois, plein d'énergie et de désir de vaincre, et j'ai perdu. Étrangement, sur mes six victoires, excepté la première et la dernière dont je ne garde que des souvenirs heureux, quatre ont été remportées à l'arraché, sur fond de douleurs physiques ou morales. Dans ces moments où le corps me lâchait, où je me sentais au bord de l'abandon, une énergie inespérée, sortie du fond des tripes, m'a poussé au-delà de mes limites. Ces victoires miraculeuses m'ont offert la plus belle des leçons de vie : quelles que soient les circonstances, ne jamais s'avouer vaincu.

Lyon, octobre 1997

Huit ans déjà que je joue chez les pros et aucun titre remporté. C'est seulement dix mois avant ce tournoi que j'ai décidé, après avoir envisagé de mettre un terme à une carrière décevante, de lui redonner un nouveau souffle en suivant les conseils de mon père. J'ai déjà évoqué cette année 1997, où j'ai transformé mon style, passant de défenseur à attaquant. Avant cette mutation, les conditions de jeu rapide en salle ne me convenaient pas du tout. Le tournoi de Lyon se déroule *indoor* et je redoute encore cette surface qui favorise les gros serveurs.

Dès le premier tour, je pratique un tennis d'attaque, monte au filet chaque fois que possible, notamment après mon service, et je le remporte assez facilement. Bonne surprise. Au deuxième tour, je dois affronter le redoutable Néerlandais Krajicek, spécialement à l'aise en salle. Je passe tout près de la défaite, mais sors finalement vainqueur d'un joueur que je n'aurais jamais battu quelques mois auparavant. Je me sens enfin en confiance, convaincu que je suis sur la bonne voie. Une carrière est une succession de déclics, il vient de s'en produire un.

En quart de finale, je bats assez facilement l'Espagnol Mantilla et suis alors opposé en demie à l'Australien Mark Philippoussis, l'un des plus grands talents et des plus beaux gâchis du circuit. Ce joueur avait, à cette époque-là, tout pour remporter des titres majeurs. Il a mis un terme à sa carrière sans le palmarès attendu. Il lui a sans doute manqué un entourage stimulant et la faculté d'analyser son jeu pour l'exprimer pleinement. Je le bats après un très bon match. Pour la quatrième fois de ma carrière, j'atteins la finale d'un tournoi majeur. Le dimanche, j'affronte l'Allemand Tommy Haas, un jeune joueur de dix-neuf ans, très prometteur. Il n'a jamais remporté de tournoi, moi non plus. Je ne veux pas laisser passer cette occasion, lui non plus ! L'enjeu m'empêche de me libérer pendant quelques jeux. Puis le match s'équilibre jusqu'à la fin du premier set que je remporte 6-4. Détendu, je fais ensuite la course en tête et me rapproche d'un premier titre ATP. Je remporte finalement le match en deux sets 6-4, 6-4. Premier tournoi majeur gagné dix mois après avoir changé du tout au tout mon style de jeu. Je découvre enfin la sensation délicieuse de quitter un tournoi en me disant : « Cette semaine j'ai été le meilleur. »

Marseille, février 1999

J'arrive à Marseille avec une angine. Depuis plusieurs jours je suis fiévreux et les antibiotiques ne font pas encore leur effet. J'hésite à déclarer forfait. Je m'entraîne quelques minutes juste pour transpirer. Finalement, je décide de jouer au moins le premier tour, parce que je suis un peu le local du tournoi. Je fais l'effort pour ma famille et les quelques amis venus de La Seyne-sur-Mer pour me voir. Peut-être grâce à leur soutien et à mon état de fatigue qui m'enlève toute pression, j'avance tranquillement de tour en tour, me précipitant sous la couette après chaque match. Chaque fois que je passe un tour, je pense que c'est le dernier et c'est ainsi que j'atteins la finale !

Je ne me sens toujours pas bien. Je dois jouer contre Arnaud Clément. Je sais que le match risque de durer, c'est l'habitude entre nous. Je l'aborde avec inquiétude. Est-ce que je vais tenir ? Et je tiens trois sets. Je remporte la finale 6-3, 4-6, 6-4. Jamais je n'aurais imaginé en début de tournoi, lorsque j'arrivais sur le court tremblant de fièvre, que j'allais le terminer en vainqueur. Les victoires inattendues ont une saveur particulière, celle des cadeaux imprévus.

Doha, janvier 2000

Le système de classement ATP vient de changer. Tous les compteurs ont été remis à zéro, donnant l'occasion au vainqueur de ce premier tournoi de l'année d'obtenir le titre éphémère de numéro 1 mondial. Comme à mon habitude je passe le réveillon de Noël à Paris et rejoins Doha le lendemain avec ma compagne. Je me sens à l'aise dans ce tournoi qui cumule l'avantage de se pratiquer sur une surface qui me réussit et d'être très bien doté. J'ai déjà atteint la finale en 1998. Cette année encore j'avance sans problème, me qualifiant pour la demi-finale sans avoir perdu un set. J'obtiens mon ticket pour la finale après un match très accroché contre l'Allemand Nicolas Kiefer, 4e joueur mondial.

J'affronterai en finale son compatriote, Rainer Schuttler, lui aussi habitué aux belles performances à Doha.

La veille du match une discussion houleuse nous oppose, ma compagne et moi, et se poursuit tard dans la nuit. À 2 heures du matin nous décidons de nous séparer. À 5 heures nous choisissons de faire encore une tentative de vie commune pendant quelques semaines. Je suis heureux de ce dénouement, mais épuisé par la tension de notre échange qui a duré des heures. J'essaie de dormir un peu. La sonnerie du réveil me sort du sommeil après quatre heures de repos à peine. Je viens de passer une nuit quasi blanche à la veille d'un match qui m'aurait peut-être permis de remporter pour quelques jours le titre de numéro 1 mondial. Je pense à mon adversaire qui a sans doute dormi comme un bébé. Le début du match me donne raison, il est en forme alors que je me sens lessivé dès les premiers échanges. Je suis sérieusement malmené pendant un set et demi. Il n'est pas loin de conclure quand je reviens dans la partie, allant chercher je ne sais où assez d'énergie pour remporter le deuxième set. La chaleur est accablante. Nous jouons en nocturne mais elle monte encore du sol. Je me sens à peine capable de disputer un set de plus. Je note à la pause que Schuttler n'a pas l'air plus frais que moi. Nous entamons le troisième set avec nos dernières forces, comme deux boxeurs s'accrochant en titubant au dernier round. Je remporte les trois premiers jeux et il craque avant moi. Il abandonne à 3-0, perclus de crampes.

Après une nuit de cauchemar, je deviens le numéro 1 mondial du nouveau système de classement. Je suis harcelé par les demandes d'interviews des journalistes de radio et de télévision du monde entier à qui je suis obligé d'expliquer que je ne suis pas le meilleur joueur du monde, mais un éphémère numéro 1. Non, je n'ai pas doublé Sampras et ce titre me sera ravi sans doute dans quelques jours. Je resterai numéro 1 mondial une petite semaine.

Dubaï, février 2002

J'aime l'ambiance particulière de ce tournoi qui mélange tradition et modernité. J'ai atteint la finale en 1993, pourquoi ne pas faire mieux cette année ?

La semaine commence péniblement. La chaleur est mon ennemie et ici, elle est moite et étouffante même au milieu de la nuit. Je me suis arraché à chaque match pour passer tous les tours. Je remporte la demi-finale face au Tchèque Novak, après deux heures et demie de bagarre intense, trois sets, quelques points de folie. Je ne l'ai jamais battu auparavant, je ne le battrai jamais plus. Il est minuit lorsque je rentre à l'hôtel, heureux de ma victoire mais assommé de fatigue. Étant venu seul, je regrette de ne pas pouvoir partager ces moments d'après match avec mon entraîneur. Je grignote un petit morceau avant d'aller me coucher.

Après une nuit et une journée de récupération je dois affronter en finale le local du tournoi, Younes El Aynaoui. J'ai hâte d'être dans mon lit. Je ne me sens pas en grande forme. J'ai l'impression d'avoir un peu trop tiré sur mes réserves. Deux heures après m'être endormi, une terrible envie de vomir me réveille. J'ai très froid, trop chaud, je grelotte et transpire à la fois. J'appelle le médecin de garde. Il m'ausculte et diagnostique une importante déshydratation. J'ai perdu trop d'eau pendant ce match, et les litres que j'ai bus n'ont pas suffi à compenser toute l'eau évaporée par mes efforts sous une trop forte chaleur. Il me fait une piqûre. Je me rendors. Quelques heures plus tard, je me réveille en me tordant de douleur. Mes vomissements reprennent. Je suis tout seul, j'ai un peu peur. Dans la matinée, n'en pouvant plus de me vider et de trembler de fièvre, je demande à me faire conduire à l'hôpital. Le médecin me met d'office sous perfusion. On m'apporte à manger, je n'ai même pas la force de soulever une fourchette. Je passe une batterie de tests. Toute la journée je m'endors, puis me réveille avant de replonger dans le sommeil, ou plutôt de m'évanouir de fatigue. En fin d'après-midi je refais surface. Mes tests sont encourageants, le diagnostic de déshydratation est confirmé. Je dois rester encore à l'hôpital pour ne pas courir de risque. Vers 19 heures, je me sens un peu mieux. Je rentre à l'hôtel malgré les mises en garde du médecin et prends une longue douche chaude. Le match commence dans deux heures, il faut que j'aille sur le site déclarer forfait. Mais au fond de moi je n'arrive pas à l'accepter. Cette petite hésitation me fait prendre mon sac machinalement et jeter au fond un tee-shirt bleu qui traîne dans ma chambre. Pendant le trajet en voiture, je me sens un peu mieux. J'arrive au club à 20 h 30, le match devrait commencer dans une demi-heure. J'ai faim, c'est bon signe. Je n'ai rien mangé depuis la veille au soir. J'avale deux morceaux de pain. Je regarde les tribunes, elles sont bondées. Un Marocain en finale dans un pays arabe, c'est un événement. J'aperçois au loin le groupe de Français expatriés qui me soutient depuis le début du tournoi. Si seulement ils imaginaient la journée que je viens de passer ! Je ne peux plus faire faux bond. Il faut au moins que je joue quelques minutes, un jeu, un set peut-être. J'enfile le vieux tee-shirt bleu, et sans avoir le temps de me raser, encore moins de m'échauffer, je rentre sur le terrain. Sur le chemin qui mène au court Younes me demande s'il peut s'asseoir à droite de l'arbitre. Chacun ses superstitions. Je lui réponds : « Bien sûr. » Mes soucis étaient ailleurs. J'ai en face de moi un adversaire avec un excellent service, un très bon coup droit, mais heureusement une lacune côté revers. Je l'attaque sur cette faiblesse. Écourter les échanges, brouiller les cartes est ma seule chance. Et ça marche. Je fais le break en fin de premier set et le remporte. Une demi-heure plus tard il égalise à une manche partout. Le public est déchaîné, nous entrons dans la dernière ligne droite. Plus question que j'abandonne, même sur les rotules, je dois aller au bout de cette interminable journée. Dans le troisième set, je marche plus que je ne cours, fais le match avec ma tête plus qu'avec mes jambes pour éviter autant que possible son coup droit. Je dois essayer de tenir mon service le plus longtemps possible et attendre pourquoi pas une ouverture. À 4-3 en ma faveur, je profite d'un moment de déconcentration de sa part pour faire un nouveau break et servir pour le match. Je suis maintenant à quatre points de la victoire la plus inespérée de ma carrière. Depuis deux heures, je ne pense qu'à tenir et, tout d'un coup, je me sens envahi par la pression d'une victoire, désormais à portée de main. Cette pression me fait commettre une ou deux erreurs et m'oblige à sauver une balle de break. J'entends plus que jamais le soutien de la communauté française qui me porte et je puise tout au fond de mes réserves pour tenir les dernières minutes. Après une ultime erreur libératrice de sa part, je remporte le match 6-4, 3-6, 6-3.

J'ai passé la nuit précédente à vomir. À 19 heures j'étais encore dans une chaise roulante dans les couloirs de l'hôpital et à 23 h 30 je viens de remporter le plus improbable de mes six titres en simple, le trophée de la douleur. Je me sens sale dans mon tee-shirt bleu, mal rasé mais heureux. Je découvre une fois encore que les limites du physique et du mental peuvent toujours être repoussées.

Newport, juillet 2007

Dans les quinze jours précédant le tournoi de Newport, je dispute celui de Wimbledon. Nous sommes en pleine rupture avec ma compagne et, depuis le début du tournoi, j'ai dû quitter deux fois l'Angleterre pour rentrer à la maison régler les détails de notre séparation. Malgré ce planning démentiel, j'ai remporté un tour en simple, atteint la demi-finale en double et la demi-finale en double mixte. J'hésite à rejoindre Newport. Mon parcours à Wimbledon m'oblige à rester jusqu'au lundi et je dois jouer mon premier tour le mercredi. Pas sérieux, compte tenu du voyage et du décalage horaire.

Je m'y suis inscrit surtout pour faire plaisir à ma fille. Sa meilleure amie passe ses vacances à Newport et je me sens tellement coupable de lui infliger la séparation de ses parents que je ne veux pas la décevoir en annulant. J'embarque donc le lundi matin, avec Djénaé et Tess que je connais à peine et que je viens d'engager comme jeune fille au pair. À l'arrivée, malgré la fatigue du voyage, je prends le temps de visiter le « Hall of Fame », le plus beau musée du tennis du monde. Les jours suivants, je me rends compte que Djénaé est heureuse, passant ses journées avec sa copine, que la jeune baby-sitter est fiable et je peux me concentrer sur mes matchs. J'avance dans le tournoi, rassuré et à l'aise sur le gazon de Newport. En finale j'affronte un bon copain, le Français

Nicolas Mahut. C'est au milieu d'une tempête phénoménale que je remporte le match en deux sets, 6-4, 6-4, et ajoute ainsi un cinquième titre à mon palmarès. Sur le plan moral, cette période de rupture a été la pire de ma vie. J'ai l'impression de ne pas avoir dormi de la semaine mais la douleur a été atténuée par la joie de ma fille et la victoire inattendue une fois encore.

Newport, juillet 2008

L'année suivante je reviens défendre mon titre. J'arrive le samedi soir et le lendemain, avant même de m'entraîner, je m'installe devant la télé pour suivre pendant cinq heures la finale de Wimbledon Nadal/Federer. Un match d'anthologie, sans doute le plus beau qu'il m'ait été donné de voir.

J'aborde le tournoi tranquillement, sans stress, et je passe tous les tours sans perdre un seul set. Je gagne la finale contre l'Indien Prakash Amritraj, fils de l'ancien champion Vijay. Héros du film *Octupussy*, un James Bond, il est une immense star dans son pays.

J'ai remporté ce tournoi sans même me faire peur. À presque trente-six ans, un an avant de finir ma carrière, je découvre les joies d'une victoire facile. Il était temps ! Rien n'a entaché ce tournoi, ni l'angine, ni la fièvre, ni les querelles nocturnes, ni la déprime d'une séparation. Cette victoire ne m'a pas laissé un souvenir aussi fort que les quatre autres où je me suis arraché pour vaincre, jusqu'au bout de mes forces.

Le double

Les quelques fois où j'ai disputé des doubles en début de carrière, je ne prenais pas cette épreuve au sérieux. Lorsque je perdais en simple lors des tournois, j'avais du mal à me motiver pour le double à venir.

Aucun entraîneur à l'époque ne m'avait donné le goût de cette discipline et personne n'avait décelé qu'elle allait bouleverser mon parcours. C'est mon père, lorsqu'il est devenu mon entraîneur en 1996, qui a eu l'intuition que je pouvais devenir un bon joueur de double. Il a même ajouté que mes qualités pourraient me permettre d'être l'un des meilleurs joueurs du monde. Je l'ai regardé ébahi. Je n'avais jamais imaginé progresser dans cette discipline, je me sentais même assez maladroit. Il a insisté : « Tu as un excellent coup d'œil, tu retournes très bien, tu es rapide et adroit à la volée et historiquement tous les joueurs à deux mains ont été excellents en double. » Il m'a convaincu de me lancer dans cette nouvelle discipline avec le plus grand sérieux cette fois-ci. J'ai vite compris qu'il avait eu raison d'insister. Avec Olivier Delaitre comme partenaire nous avons tout de suite obtenu de très bons résultats. L'enchaînement simple et double sur les tournois était difficile, mais la multiplication des efforts m'a permis de faire évoluer mon physique et de progresser aussi en simple, en particulier à la volée. Avec la pratique de ces deux disciplines, j'ai joué plus de cent matchs par an entre 1997 et 2009. Quel meilleur entraînement ? Après trois années avec moi, Olivier Delaître a décidé de mettre fin à sa carrière. En 2001 je cherchais un partenaire fixe pour l'année suivante et on m'a parlé d'un jeune joueur de vingt et un ans, Michaël Llodra. Nous avons décidé de jouer l'Open d'Australie ensemble. Dès notre premier match au premier tour, j'ai senti que nous allions bien nous entendre. Nous avions ensemble des automatismes naturels et une belle complémentarité. Le jeune gaucher fougueux s'accordait bien avec les deux mains du trentenaire stratège que j'étais. Je recherchais les zones de jeu, il apportait sa puissance. Au fil des tours, nous enchaînions les victoires et deux semaines plus tard nous disputions notre première finale de grand chelem. Un véritable exploit pour une paire qui ne se connaissait pas trois mois auparavant. Un double qui fonctionne bien, c'est un attelage magique. Nous nous partagions les tâches, sans avoir besoin de se le dire. Je préparais les points, il les terminait. Bien que je sois de loin le plus âgé et le leader naturel en dehors du court, nous ne savions pas, avant de pénétrer sur le terrain, qui prendrait les commandes. Sans nous entraîner particulièrement en double, puisque nous sommes tous les deux restés avant tout des joueurs de simple, notre entente et notre complémentarité étaient exceptionnelles. Nous avions mis au point une tactique infaillible pour « breaker ». Je devais faire un lob gagnant dans le jeu en retour de service et Mika un retour de service droit devant sur le volleyeur. En glissant ces deux coups systématiquement au cours d'un même jeu, nous avons très souvent fait le break. J'ai le sentiment que si nous nous étions tous les deux consacrés au double, nous aurions été nº 1 mondiaux. Au fil des matchs nous avons appris à nous connaître tellement bien que chacun savait en même temps que l'autre quel coup il allait choisir, comme un vieux couple qui devine les pensées de son conjoint. Pour réussir au tennis, je suis convaincu qu'il faut une bonne dose d'égoïsme, mais pour réussir en double, il faut avoir le sens du partage. Ce qui n'empêche pas les coups de gueule en dehors du court après un match raté. Il ne faut jamais montrer son agacement au partenaire durant le jeu, mais après...

Lorsque j'ai eu quelques soucis en coupe Davis, Mika a souhaité mettre un terme à notre collaboration. Il a fait le choix qui lui a paru le plus judicieux à ce moment-là de sa carrière et je peux le comprendre, même si j'ai regretté cet arrêt brutal qui nous a empêchés d'étoffer notre palmarès et certainement gagner quatre ou cinq grands chelems de plus. J'ai joué ensuite avec différents partenaires mais je n'ai plus jamais retrouvé la même complicité et le même plaisir qu'avec Mika. La pratique conjointe du simple et du double, qui me conduisait souvent en demi-finale et en finale, m'obligeait à rester jusqu'à la fin des tournois. J'ai dû progressivement abandonner le double qui me posait trop de problèmes dans l'organisation de ma vie de famille.

Mes coupes Davis

Ce sont des chapitres de ma vie difficiles à ouvrir. J'ai beaucoup de mal à repenser à la coupe Davis 1991, comme à celle de 2006. Pour des raisons différentes. Je sais qu'il faut que je m'explique, tant face aux joueurs que face au public. Trop de rumeurs, trop de critiques.

J'ai eu les plus grandes joies et l'un des pires traumatismes de ma carrière pendant la coupe Davis 1991. J'ai guéri cette blessure des années plus tard, en en parlant avec Yannick Noah qui en était le capitaine. Sous le capitanat de Guy Forget, j'ai été exclu deux fois de l'équipe. J'ai sûrement commis des erreurs, mais lui aussi. Nous n'en avons jamais parlé et je ne sais pas si nous en parlerons un jour.

L'ère Noah

Nîmes, mai 1991. La France doit affronter l'Australie sur terre battue en quart de finale. Je n'ai que dix-huit ans mais Yannick Noah, capitaine de la coupe Davis, me sélectionne pour défendre nos couleurs en quart de finale. Yannick, je l'admire depuis des années. Il me fait le plus beau cadeau dont puisse rêver un jeune joueur.

Vendredi, je dois jouer mon premier match. J'ai bien dormi. Je suis un peu stressé, mais avec l'inconscience de mon âge, j'ai hâte de me retrouver sur le terrain pour montrer ce que je sais faire. Guy Forget, l'autre joueur de simple, remporte son duel. C'est à moi de jouer pour tenter de marquer le deuxième point. Le mistral souffle en tempête. Le vent, qui assèche le court et fait voler la terre en tourbillons, me déstabilise. J'en prends plein les yeux. Je rêvais de jouer à mon meilleur niveau mais j'ai du mal à voir la balle, à la contrôler. Je perds sèchement contre Fromberg. Un point pour la France, un point pour l'Australie. Baptême raté. Éric Deblicker, mon entraîneur et également celui de l'équipe de France, me rassure. Yannick me demande de rester concentré. Il fera appel à moi pour le match de dimanche qui risque d'être décisif. Je prie pour que l'équipe française de double gagne et que Forget remporte son match contre Fromberg. Je ne suis plus sûr de moi, je voudrais juste jouer un match pour l'honneur, mais j'ai peur qu'il ne soit déterminant. Ouf, le samedi, l'équipe de double Forget/Leconte bat l'équipe australienne ! Deux points à un pour la France. Dimanche, au tour de Guy Forget d'affronter Fromberg. Guy est favori, il doit le battre. Dans cette hypothèse mon match ne serait pas décisif. Je sais que je jouerai mieux que le vendredi. Le vent est tombé, la terre est lourde et m'avantage. Sur un écran de contrôle, je regarde le match de Guy. Au fil des minutes je me décompose. Fromberg prend le dessus. Finalement, il s'impose. Les équipes sont à égalité, deux partout. Terrible baptême : ce que je craignais arrive, c'est à moi de jouer, et selon le résultat, la France sera qualifiée ou non pour la demi-finale.

Il reste trente minutes avant que j'entre sur le terrain. Le temps de laisser monter le stress, de me remémorer mon mauvais match précédent. Éric Deblicker essaie de faire tomber la pression : « Tu peux gagner, mais si tu perds personne ne t'en voudra. Toute l'équipe sera derrière toi pour te pousser du début à la fin. » Yannick sort du terrain et vient me voir. Il devine dans quel état de nervosité je me trouve. Il ne peut pas faire grand-chose pour me détendre et choisit de plaisanter : « Ça va ? Tu n'as besoin de rien ? Tu veux que je te suce ? » Rire me fait du bien. Je commence à me concentrer progressivement. Mon adversaire s'appelle Wally Masur, un joueur de dix ans mon aîné. Il est mieux classé que moi, mais la terre battue n'est pas sa surface. À l'époque, j'étais un bon « terrien ». Je sais qu'en temps normal j'aurais mes chances, mais ce match est si particulier. Le compte à rebours commence. Le superviseur vient m'informer : plus qu'un quart d'heure… dans cinq minutes. Je prends ma raquette et rentre sur le terrain avec Yannick. L'ambiance est électrique, partout des drapeaux bleu blanc rouge. Je perçois la tension, je sens l'attente de tous les supporters français peser sur mes épaules. Dès les premières minutes, je suis rassuré. Si j'avais perdu le premier set, je crois que je me serais écroulé. Mais je fais la course en tête. Le public me soutient, conscient que c'est le premier gros match à responsabilité de ma vie. Je gagne le deuxième set. Masur est dans le doute. Je suis à un set de la victoire. Il élève son niveau de jeu et remporte le troisième set. À l'époque il y avait une pause de dix minutes après le troisième set. De retour aux vestiaires je prends conscience que le match peut tourner au cauchemar. Yannick et Éric me donnent quelques conseils. Il faut que je le fasse douter à nouveau. L'entame du quatrième set sera capitale. De retour sur le terrain je lui prends son service d'entrée, fais la course en tête et gagne le match. Encore aujourd'hui, dix-huit ans après, je revois ce revers gagnant long de ligne qui m'a donné la victoire. La France accède aux demi-finales. Yannick me prend sur ses épaules et me fait faire le tour du terrain dans une ambiance de folie. Nous sommes au mois de mai. En septembre la France doit affronter la Yougoslavie en demi-finale. Le pays est en guerre, c'est la Serbie qui va le représenter. C'est plutôt une bonne nouvelle pour l'équipe de France, à cette époque-là les Croates sont supérieurs. Les joueurs qui ont fait les meilleurs résultats dans les semaines précédentes sont sélectionnés : Guy Forget et moi, à nouveau.

Cette demi-finale m'a laissé peu de souvenirs. Il y a eu moins de suspens. Nous étions largement favoris, face à Zivojinovic et Muskatirovic. Logiquement, nous avons gagné nos matchs. La France est donc qualifiée pour la finale et aura l'occasion de remporter sa première coupe Davis depuis 1932 et la victoire des Mousquetaires, René Lacoste, Jean Borotra, Henri Cochet et Toto Brugnon. Nous allons vivre un moment historique. Nous aurons face à nous une équipe américaine quasi imbattable : Agassi et Sampras en simple et la paire Flach-Seguso en double. Yannick nous annonce qu'il est indécis sur le choix des joueurs. Il demande à chacun de gagner le plus de matchs possible pour l'aider à prendre sa décision. La *dream team* aurait consisté à associer Henri Leconte qui, dans ses bons jours, était imbattable, à Guy Forget qui, cette année-là, gagnait tout. Mais Henri, blessé, est cassé en deux et vient de se faire opérer du dos pour la troisième fois. Yannick lui demande de tout faire pour être prêt : « Je compte sur toi. » De mon côté, j'ai battu Sampras en mai et Agassi en juillet. Dans ma tête, je suis certain d'être choisi. Quelques semaines avant la finale, je joue à Bercy. Yannick, qui participe encore à quelques tournois pour s'amuser, a décidé de le disputer. Hasard du tirage au sort, je tombe contre lui. C'est un coup dur du destin, un cauchemar, de me retrouver face à mon capitaine dont j'attends la sélection. J'étais sur ses épaules cinq mois plus tôt, aujourd'hui je dois le battre pour gagner ma place. Je fais un terrible complexe d'infériorité. Yannick s'appuie sur le public, joue de son charisme pour me déstabiliser. Je suis tétanisé. Jouer contre Dieu, c'est impossible. Je perds après avoir fait un très mauvais match. À la sortie du court, Yannick dit aux journalistes : « Si Fabrice n'a pas supporté la pression aujourd'hui, il n'est pas prêt pour une finale de la coupe Davis. » C'est un avertissement que j'ai du mal à prendre au sérieux. La rencontre approche, j'attends avec impatience le verdict. Quelques jours plus tard, le directeur technique, François Jauffret, me reçoit dans son bureau : « Yannick m'a demandé de t'annoncer que tu n'étais pas retenu pour la finale. Les quatre sélectionnés sont Guy Forget, Henri Leconte, Arnaud Boetsch et Olivier Delaitre. » C'est un cataclysme. Je ne sais pas ce qui me choque le plus, ne pas avoir été choisi ou l'apprendre d'un autre que de Yannick. Il ajoute : « Tu es le cinquième homme, tu es donc convié au stage de préparation à Montreux la semaine prochaine. Si le stage se déroule bien pour toi, Yannick pourra changer d'avis. » C'est une énorme claque, mais je pars avec l'envie folle de gagner ma place. Le premier soir à Montreux, au dîner d'équipe, Yannick prend la parole. Il explique qu'il a choisi les quatre joueurs, qu'il sait très bien que le cinquième est déçu mais, quel que soit le déroulement du stage, il ne reviendra pas sur son choix. Deuxième claque. C'est tellement violent pour moi que je monte dans ma chambre. J'en suis malade, je vomis. Je voulais que Yannick me considère comme son petit frère, qu'il se souvienne du moment merveilleux où il m'avait porté en triomphe. Mais il me traite comme un adulte, comme un joueur ordinaire. Je lui en veux tellement que j'ai une réaction de sale gosse trahi par son idole. Je fais tout ce qu'il ne faut pas faire, je fais la tête, je balance un entraînement et traîne les pieds. J'y mets tellement de mauvaise volonté que Yannick vient quelques jours plus tard dans ma chambre et me dit : « Ou tu te mets au service de l'équipe ou tu fais tout de suite ta valise. » D'abord je fonds en larmes. Ensuite je réfléchis, avec l'aide d'Éric Deblicker qui me conseille d'arrêter de me comporter comme un gamin. Je finis le stage en faisant tous les entraînements sérieusement afin de tenir mon rang de remplaçant. Heureusement, sinon j'aurais regardé la finale à la télévision !

Yannick a eu raison de choisir Henri. Dès les premiers échanges, il est apparu évident que je n'aurais pas été à son niveau. Ce qu'il a fait, à peine remis de son opération du dos, en simple face à Sampras, puis en double le lendemain, a été exceptionnel. Le vendredi Agassi avait battu Forget, mais dans le quatrième match, c'est un Forget remarquable qui l'emporte sur Sampras. Pour la première fois depuis cinquante-neuf ans, la France gagne la coupe Davis.

J'ai assisté à la victoire sur le banc, mais j'y ai assisté et j'ai vibré durant trois jours. J'ai été embarqué par Yannick pour danser *Saga Africa* avec les autres au milieu du terrain. Pour la remise du trophée, nous sommes alignés, les quatre joueurs, Yannick et moi. La fédération ne distribue que cinq trophées. Un pour chacun des joueurs titulaires, un pour le capitaine. Yannick s'est retourné vers moi et m'a donné le sien. Un geste dont je lui serai éternellement reconnaissant.

Pourtant, je lui en ai longtemps voulu de m'avoir exclu de cette finale de coupe Davis 1991. La douleur a été si vive que j'en ai été traumatisé pendant quatre ans. Ce n'est qu'en 1995 que j'ai eu le courage de lui en parler. Nous étions tous les deux dans le jardin de sa maison au sud de Paris. Nous avons discuté des heures. Je lui ai dit tout ce que j'avais gardé sur le cœur. La seule excuse que je trouve aujourd'hui à mon comportement est la jeunesse de mes dix-huit ans. L'admiration que je lui portais a accentué la blessure d'amour-propre. J'aurais tout accepté s'il m'avait pris dans ses bras pour m'expliquer son choix. Comme à un petit frère.

L'ère Forget

Revenir sur cette période me coûte beaucoup. Je n'y pense plus jamais, je ne veux plus y penser, j'ai mis un couvercle dessus. C'est le passage le plus difficile du livre, celui que j'écris en dernier. J'ai peur que les trop mauvais souvenirs m'envahissent à nouveau. J'ai mis des années à cicatriser.

Guy Forget a pris le capitanat de la coupe Davis en 1999 et nous avons atteint la finale cette année-là. Nous avions une très bonne équipe et j'étais dans mes meilleures années. Nous aurions pu remporter la Coupe face à l'Australie. Du premier jour de notre stage de préparation, jusqu'à la fin de la rencontre à Nice, nous avons accumulé les erreurs. Lors de cette finale, j'ai senti que nous avions perdu le match avant même de l'avoir joué. Le jeune capitaine manquait d'expérience et de confiance pour diriger le groupe. Le stage, organisé à Hendaye, se déroulait dans des locaux glacials. Certains plus frileux que les autres jouaient avec un gant à leur main libre ! Les entraînements physiques étaient trop intenses et inadaptés à des joueurs déjà épuisés par une longue saison. Nous avons enchaîné les blessures et les conflits. Même les femmes de joueurs présentes à Nice, mais à l'écart du groupe, s'étaient crêpé le chignon ! Mauvaise ambiance, mauvais match et défaite programmée.

En 2001 la France se qualifie une nouvelle fois pour la finale et nous allons défier les Australiens, chez eux cette fois, sur gazon. Guy aligne Pioline, Grosjean, Escudé et moi face à Hewitt, Rafter, Woodbridge et Arthurs. Personne, mis à part les quinze membres de l'équipe, ne croyait en nos chances. Mais cette année-là, l'ambiance dans le groupe était extraordinaire. Nous partons douze jours en stage préparatoire à Melbourne et nous arrivons prêts, soudés, confiants pour la finale.

Escudé crée d'entrée la surprise en battant Lleyton Hewitt, mais Rafter remet le compteur à zéro en l'emportant sur Grosjean : 1 partout. Le samedi, je joue en double avec Cédric Pioline. Le capitaine a décidé de nous faire jouer ensemble alors que nous ne sommes ni amis ni complices en dehors du court. Je n'oublierai jamais ce déjeuner préparé par le médecin de l'équipe, sur une nappe blanche dans un coin des vestiaires. Cette petite attention nous a rapprochés et a ajouté un peu de magie à ce rendez-vous si important. Une victoire en double nous mettait à un petit point du rêve. Nous ne partons pas favoris, mais de façon assez incompréhensible, le capitaine australien écarte au dernier moment Woodbridge, numéro 1 mondial de la spécialité, et nous affrontons Hewitt-Rafter. Nous perdons sèchement le premier set, 6-2. Malgré ce très mauvais départ où je sens mon partenaire terrorisé par l'enjeu nous arrivons assez vite à nous ressaisir et remportons le match en quatre sets, 2-6,6-3,7-6,6-1. 2 points à 1 pour la France. J'ai peut-être joué ce jour-là le plus beau double de ma vie. Le dimanche Hewitt bat Grosjean, émoussé par sa longue et extraordinaire saison. Pour le cinquième match, nous apprenons que l'épaule de Rafter l'a lâché. Escudé va jouer son remplaçant, Arthurs. Il le bat en quatre sets.

La France remporte la coupe Davis en l'ayant chipée à l'Australie, sur son terrain. Quelle différence entre ces deux souvenirs, 1999 et 2001 ! En 2001 la préparation a été efficace, les deux entraîneurs, Georges Deniau et Thierry Tulasne, expérimentés, Guy Forget était devenu un bon capitaine, il avait gagné en maturité et en assurance. L'ambiance était excellente, tout était réuni pour que nous puissions réussir une performance. À l'inverse de 1999 la rencontre s'est gagnée avant.

L'année suivante, l'esprit dans l'équipe était toujours très bon et nous accédons une nouvelle fois à la finale, pour affronter les Russes à Bercy. Je me dis que si la France remporte la Coupe pour la deuxième année consécutive, une semaine avant mes trente ans, il sera temps pour moi de laisser la place aux jeunes. Notre équipe aligne Grosjean, Escudé, Mathieu et moi. L'équipe russe est composée de Safin, Kafelnikov et Youzhny. Je suis la bête noire de Safin, que j'ai battu six fois sur sept. Kafelnikov est la mienne, il m'a battu six fois sur six. Safin déteste m'affronter, je suis en pleine forme et je rêve de le défier une nouvelle fois devant le public français. J'attends de connaître les choix du capitaine. Guy Forget décide, à mon grand regret, de titulariser en simple Grosjean et Mathieu. Safin a dû s'en réjouir. Le vendredi soir, nous sommes à 1 partout suite aux victoires de Grosjean sur Kafelnikov et de Safin sur Mathieu. Le samedi, je joue en double avec Escudé face à Kafelnikov et Safin ; nous disputons un match tendu, accroché, incertain jusqu'à la dernière balle. Nous le remportons, soulagés, en cinq sets. La France vire en tête, 2 points à 1. Le dimanche, Safin remet les deux équipes à égalité en s'imposant face à Grosjean. Le match décisif doit opposer Mathieu à Kafelnikov, mais contre toute attente, le capitaine russe fait jouer Youzhny. Paul-Henri passe à deux petits points de la victoire dans le troisième set, pour finalement s'incliner au cinquième. Je nous revois, regroupés dans les vestiaires, extrêmement déçus. Je décide de repartir pour un tour avec l'équipe de France en 2003.

Fin 2002, nous nous séparons ma compagne et moi. En février 2003, la France bat la Roumanie au premier tour et en avril nous devons affronter la Suisse à Toulouse. Deux semaines avant ce match, je suis le plus heureux des hommes, nous avons reformé notre couple. Pour que les retrouvailles soient encore plus belles, nous partons les fêter au Maroc. Une semaine d'amour, de baignades, de rires, de discussions interminables de jour comme de nuit et pas une minute de tennis. J'arrive à Toulouse hors de forme. Je fais beaucoup d'efforts à l'entraînement, mais je ne rattrape pas en cinq jours une semaine sous haute tension. Je joue mal et, au-delà d'une douleur au coude, je n'ai aucune sensation. Nous sommes à 1 partout le vendredi soir. Malgré ma petite forme, je suis retenu pour jouer en double le samedi avec Escudé. J'ai songé à décliner ma sélection, mais j'ai eu peur qu'on ne me le reproche. Défaite en quatre sets après un match moyen. 2-1 pour la Suisse. Sébastien Grosjean qui doit affronter Federer s'est blessé en simple. Personne n'en a été informé hormis le capitaine et le médecin. Sa participation le dimanche est incertaine. À deux heures du match, rien n'est décidé. Le capitaine a trois possibilités et aucune n'est satisfaisante : faire jouer Grosjean blessé, Santoro hors de forme ou Llodra, qui n'a encore jamais joué en simple en coupe Davis. Quelques minutes plus tard, le médecin confirme que Grosjean ne pourra pas jouer. Reste Llodra et moi. Nous sommes tous dans les vestiaires, sans savoir qui va entrer sur le terrain pour le match décisif. J'insiste auprès du capitaine, je ne suis pas en état de jouer, la tête encore au Maroc, pas de jambes et une douleur au coude. Une réunion de crise s'improvise dans le vestiaire avec les quinze membres de l'équipe. Je propose à Guy de faire jouer Mika, le seul de nous trois à avoir deux bras, deux jambes. Le capitaine a cette réponse maladroite : « Fabrice à 50 %, c'est mieux que Mika à 100 %. »

Je n'ai plus le temps de manger et me voilà propulsé sur le terrain face à Federer. Je me fais laminer, bien sûr. Après le match, le capitaine et certains joueurs me tombent dessus, me reprochant d'être arrivé hors de forme : « Tu n'en as rien à foutre de l'équipe ! » J'ai répondu : « J'adore l'équipe de France, mais à choisir entre mon couple et l'équipe, je choisirai toujours mon couple. » J'ai compris que ma réponse avait déplu, ils la trouvaient même inacceptable.

Un an et demi plus tard, sans avoir mis les choses à plat avec Guy sur l'épisode toulousain, je suis à nouveau sélectionné pour jouer contre l'Espagne en demi-finale à Alicante. Je n'ai pas encore digéré les vives réprimandes de mes coéquipiers, mais une fois de plus, on ne refuse pas une sélection. J'arrive dans l'équipe sur la pointe des pieds. Même si les joueurs ont donné leur aval pour ma réintégration, j'ai la sensation qu'ils l'ont fait à contrecœur, faute d'un autre choix. Je ne me sens pas accepté.

Je suis sélectionné en simple et affronte Ferrero. Moi qui me nourris énormément du regard des autres, je n'arrive pas à m'accrocher à celui du capitaine. Rancunier sans doute, pas assez en confiance sûrement pour envisager une complicité. En revanche, je m'accroche comme à une bouée à celui du médecin assis à côté, dans le box français. Guy Forget ayant sans doute vécu ce jeu de regards comme un rejet de sa fonction de capitaine, peut-être même comme une humiliation, me débarque de l'équipe de France. Durant toute l'année 2005, je n'ai aucun contact avec lui. J'entends dire ici et là qu'il ne me reprendra plus jamais. Je fais, difficilement, mon deuil de l'équipe de France.

L'année 2006 démarre bien. J'atteins les quarts de finale de l'Open d'Australie. À ma grande surprise, je vois Guy Forget présent dans les tribunes pour assister à mon match contre Nalbandian. Le lendemain de ma défaite, il me dit qu'il me réintègre.

N'ayant pas eu de nouvelles depuis plus d'un an, je suis très étonné mais excité à l'idée de défendre une nouvelle fois nos couleurs. Le rêve de tout joueur m'est offert une fois encore. Seul problème, le traditionnel rendez-vous d'équipe où les joueurs et le staff se retrouvent pour un premier entraînement et un dîner, est prévu le samedi à 14 heures. Deuxième entraînement le dimanche et le soir départ pour l'Allemagne. Il y a des mois déjà, n'envisageant évidemment pas ma réintégration, je me suis engagé pour une exhibition. C'est ce même samedi au tournoi des Petits As à Tarbes, face à Nadal n° 2 mondial et vainqueur de Roland-Garros. Je l'explique tout de suite au capitaine. Il me demande de l'annuler pour être présent au rassemblement avec les autres. Je n'ai plus droit à l'erreur, je le sais. J'appelle le directeur du tournoi de Tarbes qui est catastrophé : « Fabrice, tu ne peux pas me faire ça ! Cette exhibition est prévue depuis de longs mois, tous les billets sont vendus. » Je ne sais pas quoi faire. Je suis tellement content de réintégrer l'équipe de France que je ne veux pas commettre le moindre faux pas. D'un autre côté, j'ai toujours honoré mes engagements et ne me sens pas la volonté de planter l'organisateur du plus grand tournoi du monde des moins de quatorze ans. Après les différentes épreuves que j'ai traversées en coupe Davis, je me sens incapable de prendre seul une décision d'une telle importance. Je demande conseil à mon entraîneur et à une personnalité incontestable du monde du tennis. Ils sont tous deux d'accord : je dois maintenir mon exhibition. Un match face à Nadal, le numéro 2 mondial, me sera plus profitable qu'un entraînement avec l'équipe à Roland-Garros. Pour mettre toutes les chances de mon côté et arriver à convaincre Guy de mon désir de participer à la coupe Davis, je décide de louer un avion pour rentrer juste après le match. Je serai donc à Paris au plus tard à minuit au lieu des 14 heures prévues par le capitaine et présent pour le petit-déjeuner avec l'équipe à 8 heures le lendemain matin. Je rappelle Guy, serein, certain qu'il va comprendre mon embarras et accepter mes arguments. Il me répond : « Tu préfères une exhibition à l'équipe de France, alors va à Tarbes, je prends un autre joueur ! » Fin de la communication. Je rappelle, sans réponse. Le lendemain, je lis les pires horreurs dans la presse, que j'ai choisi de gagner 15 000 euros en exhibition plutôt que de défendre les couleurs de la France. Je voulais satisfaire tout le monde et je me fais lyncher. Manifestement, certains journalistes ignorent qu'une participation en coupe Davis rapporte, selon les résultats, de deux à vingt fois plus ! C'est une blessure terrible de me sentir accusé de ne pas aimer mon pays, d'être un mauvais coéquipier et de préférer l'argent. Ce jour-là, Guy Forget m'a tué.

Devant l'ampleur prise par cette histoire, une conférence de presse est organisée à mon arrivée à Tarbes. À la première question, je fonds en larmes.

Dans les tribunes, chaque spectateur était au courant de la sanction que j'avais reçue pour avoir respecté mon engagement. Sur le terrain j'arrive en héros. J'ai droit à une haie d'honneur en entrant sur le court et je fonds à nouveau en larmes. De douleur, d'épuisement, de stress. Depuis la veille je n'arrivais ni à manger ni à boire. J'ai joué face à Nadal, mal, dans un état épouvantable, malgré les paroles magnifiques qu'il m'a adressées avant le match. Quand a eu lieu la coupe Davis, je n'ai pu regarder aucun des matchs.

Viré deux fois de l'équipe de France, un record ! Si je refais honnêtement le film de l'histoire, quels sont les torts que je me reconnais ? En 2003, en effet, il n'était pas sérieux de rejoindre l'équipe à Toulouse sans m'être entraîné. Je peux comprendre, aujourd'hui, l'agacement des joueurs et du capitaine à mon égard. J'ai privilégié mon couple, plutôt que l'équipe, j'ai payé. En 2004, je n'aurais jamais dû accepter de revenir sans avoir une explication avec Guy Forget. Je me suis cru plus fort que je n'étais mais je lui en voulais trop et je ne pouvais pas jouer ce match si important sans avoir crevé l'abcès. Erreur.

En revanche, je n'ai jamais regretté d'avoir honoré mon contrat avec Tarbes. J'ai dit lors d'un entretien à la presse que, cette année-là, je serais allé jouer en équipe de France à pied, tant je voulais défendre nos couleurs. J'ai toujours adoré cette épreuve, fier de jouer sous notre drapeau. Guy aurait dû comprendre que ma parole était en cause. Réduire ma décision à une affaire d'argent m'a blessé et tenter de faire croire que je me moquais de l'équipe m'a humilié. J'ai toujours fait dans ma carrière ce que je pensais être juste, sans craindre les conséquences. Elles ont parfois été terribles. Mon fonctionnement a été une force tout au long de mes vingt et une années de carrière, mais un handicap en coupe Davis. M'être comporté en électron libre m'a fragilisé. J'ai évolué seul, en marge, sans bénéficier du soutien du groupe. J'aurais aimé que les joueurs, qui sont consultés pour toutes les décisions importantes du capitaine, reconnaissent que ma différence pouvait être une arme utile au groupe et non un problème. Elle l'a été de 1999 à 2002, lorsque nous avons disputé trois finales en quatre ans. Ces années de réussite ont prouvé que c'est en restant moi-même que j'ai toujours été le plus efficace. Le tennis est avant tout un sport individuel. Chaque joueur a son caractère, ses habitudes et un fonctionnement qu'il a parfois mis des années à développer. Créer une équipe équilibrée le temps d'une rencontre est essentiel, mais ne doit pas se faire au détriment de l'équilibre individuel. Obliger un joueur à changer ses habitudes pour rentrer dans le moule n'est pas la solution pour arriver à la victoire finale. Chaque joueur a ses blocages, ses superstitions qu'il faut respecter. L'un préférera s'isoler dans sa chambre après cinq heures d'entraînement, l'autre au contraire aura besoin du contact avec les autres. Un champion de tennis est très indépendant tout au long de l'année, il peut étouffer s'il se sent cloîtré pendant tout le temps de la Coupe. La France, l'Espagne et la Russie ont toutes trois remporté la coupe Davis avec des fonctionnements différents. La France a toujours privilégié le groupe en vase clos vingt-quatre heures sur vingt-quatre. Les Russes dînent chacun de son côté et se retrouvent le lendemain au petit-déjeuner. Les Espagnols ont parfois fonctionné avec plusieurs capitaines qui se relayaient en fonction du joueur sur le court. Aucun fonctionnement n'est meilleur qu'un autre, celui qui est valable une année ne l'est pas forcément l'année suivante. Rien ne doit être figé, le capitaine doit sans cesse s'adapter aux personnalités des joueurs qu'il a sélectionnés. Quel que soit le caractère de chacun, il doit réunir les meilleurs, car c'est avec la meilleure équipe que l'on gagne la coupe Davis.

J'ai souvent eu le sentiment de faire preuve de générosité avec mes partenaires de double comme Delaitre, Pioline, Escudé et Llodra. Je pense qu'ils en ont été conscients. J'aime transmettre. Benjamin de l'équipe en 1991 aux côtés de Forget et Leconte, je sais tout ce qu'ils m'ont apporté. À mon tour je pense que j'avais vraiment un rôle à jouer. Mon grand regret restera de ne pas avoir pu partager quelques rencontres avec la nouvelle génération.

Nous nous croisons régulièrement dans les tournois, Guy et moi. Nous nous saluons et nous sourions comme deux potes. À nous voir, on pourrait croire que tout est oublié. Mais nous savons tous les deux qu'il n'en est rien.

Federer, Agassi, Sampras et les autres numéros 1

Que je gagne ou que je perde, j'ai toujours pris un immense plaisir à jouer face aux plus grands champions. Affronter un Sampras, un Agassi, un Federer sur un central, devant des tribunes bondées, avec cette ambiance unique des grands jours, m'a toujours poussé à me surpasser. Dans la perspective d'un gros match à jouer, je jubile dans les vestiaires, sans stress, en anticipant par avance le plaisir que je vais ressentir face à un joueur que j'admire. Avec toujours le secret espoir de lui poser quelques problèmes.

Sur les mille matchs de simple environ que j'ai joués chez les pros, je ne garde le souvenir que de quelques dizaines. C'est peu, sans doute, mais quels souvenirs ! Et je sais par les regards et les remarques de mes plus prestigieux adversaires qu'ils me considéraient comme un joueur à part.

J'ai affronté vingt des vingt-quatre joueurs qui ont atteint un jour la première place au classement mondial. J'ai plaisir à m'en souvenir et à les citer : Connors, Lendl, Wilander, Edberg, Becker, Muster, Agassi, Courier, Sampras, Rafter, Kafelnikov, Rios, Kuerten, Moya, Hewitt, Safin, Ferrero, Federer, Roddick, et Nadal. Excepté Lendl, Kafelnikov et Nadal, je les ai tous battus. Pas tous lorsqu'ils étaient numéros 1, bien sûr. Certains ne l'étaient pas encore, d'autres ne l'étaient plus. Selon les périodes et les circonstances, mes victoires n'ont d'ailleurs pas la même saveur. De dix-huit à trente-six ans, je me suis trouvé quatre-vingt-quatre fois face à des numéros 1, en savourant le plaisir de sortir du court en vainqueur à trente-quatre reprises.

Andre Agassi, Pete Sampras et Roger Federer ont une place particulière pour moi. Ces trois immenses champions ont chacun marqué ma carrière, dans la victoire comme dans la défaite.

Andre Agassi est l'un des adversaires que j'ai eu le plus de plaisir à jouer. Dans nos face-à-face, nous avons comptabilisé trois victoires chacun. En 1999 nous nous sommes rencontrés à Montréal. Au moment du tirage au sort, je choisis pile, la pièce tombe sur pile et je décide de recevoir. Agassi me regarde droit dans les yeux et s'exclame : « *Great !* » Puis il part en courant vers sa ligne de fond. Durant les cinq minutes d'échauffement, il frappe avec une telle violence que j'ai cru qu'il allait me casser les poignets. Je n'étais pas assez chaud pour subir ce traitement d'entrée de match. Il m'a écrasé 6-0, 6-3 en cinquante-cinq minutes ! Très énervé en sortant du terrain, j'ai dit à mon entraîneur : « La prochaine fois que je le rencontre, je refuse l'échauffement, je reste assis sur ma chaise. » Je n'avais pas apprécié son comportement et je voulais le lui faire savoir. Hasard ou clin d'œil du destin, je le rejoue la semaine suivante à Washington en quart de finale. Je garde un excellent souvenir de ce match, pourtant perdu 7-5, 6-4. Je n'ai pas mis en pratique mon projet de Montréal qui devenait stupide avec du recul. J'avais trop de respect envers ce joueur pour lui en vouloir pour la manière dont il s'était échauffé. Mais afin de ne pas revivre le même calvaire, j'ai demandé à Laurent Raymond, qui me coachait, d'aller taper la balle pendant un quart d'heure, juste avant le match. Je suis entré sur le court trempé de sueur mais chaud, très chaud. J'ai perdu, mais la lutte entre nous deux a été proprement fantastique. L'énergumène avec ses shorts en jean et sa coiffure iroquoise possédait une qualité de frappe phénoménale. L'ado rebelle superstar est devenu plus tard un homme épanoui et d'une grande générosité qui a appris à respecter les autres. C'était le joueur dont les paroles m'étaient les plus précieuses. Si j'avais été coach, j'aurais parfois supprimé une séance d'entraînement de mon élève pour lui demander d'observer Agassi sur un court ou, mieux encore, d'aller l'écouter en salle d'interview tellement ses analyses étaient pertinentes. Lorsqu'il a joué le dernier match de sa carrière à l'US Open en 2006, j'ai tenu à assister à sa conférence de presse. Il commentait son parcours avec beaucoup de recul, donnait sa vision du jeu, analysait l'évolution de son sport et expliquait comment le tennis lui avait permis de se construire. Un grand moment. Andre Agassi possède l'un des plus beaux palmarès de l'histoire du jeu. C'est le seul joueur à avoir remporté ce que j'appelle « les sept majeurs » : Roland-Garros, Wimbledon, l'US Open, l'Open d'Australie, le Masters, la coupe Davis et les jeux Olympiques.

Nous avons été pères à peu près en même temps, ce qui nous a encore rapprochés vers la fin de sa carrière. Son départ a créé un vide, il fait partie de ces joueurs irremplaçables. C'est avec beaucoup de plaisir que je l'ai revu lors de la finale de Roland-Garros 2009 où il a remis le trophée du vainqueur à Federer. Il était surpris de me voir encore en bonne forme après toutes ces années. Nous avons pris le temps d'échanger quelques mots dans les vestiaires. Il m'a parlé de sa nouvelle vie et notamment de son implication dans sa fondation pour les enfants déshérités.

Pete Sampras n'a jamais eu le charisme d'Andre Agassi. Introverti, difficile à aborder, il ne communiquait pas avec grand monde et était moins généreux dans sa relation avec la presse et les autres joueurs, en raison sans doute de sa timidité. Mais sur le court, il était vraiment impressionnant. Lorsqu'il fallait retourner son service, en première ou en seconde balle, on se sentait comme un gardien de but au football. Sampras est l'un des meilleurs serveurs que j'aie jamais rencontrés. Je suis assez fier de mon bilan face à lui : trois victoires pour quatre défaites. J'ai obtenu logiquement mes victoires sur terre battue. Pete y était moins à l'aise que sur les autres surfaces. Mais en 1997 il m'a tout de même collé trois sets à rien sur le central de Roland-Garros. Quand il faisait chaud et sec, que les conditions de jeu s'accéléraient, il pouvait laisser exprimer avec efficacité son jeu d'attaque. En d'autres occasions, comme à Monte-Carlo en 1998 sur un court lent et humide, je me souviens l'avoir battu sèchement 6-1, 6-1.

Je repense aussi avec nostalgie à mes rencontres avec d'autres grands anciens : je n'aurais jamais rencontré Jimmy Connors s'il n'avait pas prolongé sa carrière jusqu'à quarante ans. Il a vingt ans de plus que moi. En ce mois d'octobre 1992, à Vienne, je me retrouve face à lui. Une chance inespérée et un grand stress pour le jeune joueur que j'étais. Comme à son habitude, il s'est bagarré tel un beau diable du premier au dernier point. Il a même bénéficié de deux balles de match au deuxième set. Il était meilleur que moi, mais je l'ai eu à l'usure. Au troisième, il était marqué physiquement. J'étais à la fois heureux et triste de cette victoire. Heureux d'avoir battu une légende, triste parce que j'avais gagné par KO.

Le match contre Mats Wilander, en mai 1991, à Roland-Garros, m'a aussi laissé un goût amer. Il avait déjà gagné trois fois le titre des Internationaux de France et avant le match je faisais mon petit calcul : il gagne tous les trois ans, en 1982, 1985, 1988. Donc il devrait logiquement remporter un quatrième titre puisque nous sommes en 1991. Nous étions programmés sur le central et, pour ajouter à mon anxiété, c'était la première fois que j'y jouais.

Finalement, je l'ai battu en trois sets en jouant juste proprement. Mais en face je n'avais que l'ombre de Wilander. C'est une grande chance pour moi d'avoir pu le croiser sur un court mais un grand regret qu'il n'y ait pas eu plus de résistance de sa part.

J'ai aussi une pensée pour Ivan Lendl. Je ne l'ai rencontré qu'une seule fois, à Nice, en 1993. Il était en fin de carrière, comme Connors et Wilander, mais son jeu était toujours aussi efficace. Contrairement aux deux autres, il m'a marché dessus avec sa froideur habituelle. Je ne sais pas s'il se souvient du petit Français qui jouait à deux mains, moi je n'ai pas oublié la claque qu'il m'a infligée.

J'ai rencontré Yevgeny Kafelnikov six fois et six fois il m'a battu. Il n'était pas aussi fort que Federer, loin de là, mais certains joueurs prenables sur le papier ne le sont pas sur un terrain. Leur jeu ne vous convient pas. Je lisais mal son service donc impossible de le mettre en difficulté en retour, alors qu'il retournait mes services avec une aisance exaspérante. Dans le cours du jeu, il m'était supérieur dans les deux diagonales, coup droit et revers. Jamais je n'ai pu trouver la faille chez lui. Tout ce que je tentais, il s'en régalait quelle que fût la surface.

Il s'est passé l'inverse avec Marat Safin. Je l'ai battu sept fois sur neuf rencontres. La première fois c'était à Moscou, en 1997. Juste après le tirage au sort, il avait prévenu : « Santoro est le pire adversaire pour moi. » Avec cet état d'esprit, il avait perdu d'avance !

Il était pourtant bien mieux classé que moi, mais mon jeu l'inquiétait. Son blocage était plus psychologique que technique, mais il n'arrivait pas à régler les problèmes tactiques que je lui posais. Je pense sincèrement qu'il avait les armes pour me battre mais il ne s'est jamais posé les bonnes questions avant de m'affronter. Sur le chemin qui menait au court, je le voyais déjà pester et secouer la tête, agacé avant même que ne commence le match. Après seulement quelques minutes de jeu, il suffisait d'un beau coup de ma part ou d'une erreur de la sienne pour qu'il s'en prenne à sa raquette, me montrant toute sa frustration. Un vrai cadeau offert à l'adversaire...

J'ai mal connu Rafael Nadal. Sa timidité et la trop grande différence d'âge entre nous ont sans doute empêché que nous soyons complices. Nous ne nous sommes affrontés qu'une seule fois, en janvier 2009, à Doha. « Affrontés » est une façon de parler, tellement le combat a été inégal. J'ai été balayé en moins d'une heure. Je m'étais trop peu préparé durant le mois de décembre et j'ai payé ma négligence. Il a juste eu le temps de m'impressionner par sa puissance et son agressivité. J'ai eu la sensation qu'un train me passait dessus. J'aurais aimé le rencontrer à mon meilleur niveau. Le résultat n'aurait sans doute pas été différent, mais j'aurais sûrement pris plus de plaisir. J'ai quitté le tournoi plein de regrets. Trop tard.

Roger Federer est le plus grand champion que j'aie jamais connu. C'est lui que j'ai eu la chance de rencontrer le plus souvent et dans mes meilleures années. Je l'ai joué onze fois entre 1999 et 2009. Je l'ai battu deux fois sur trois de 1999 à 2002. Et depuis, huit matchs pour autant de défaites. Lors de ma première victoire, à Toulouse, il venait d'arriver sur le circuit. La deuxième fois, c'était au Masters Series de Madrid, en 2002, il était en pleine ascension et déjà 7e joueur mondial. Ce n'était plus le même joueur que trois ans auparavant et, huit mois plus tard, il remportait son premier Wimbledon. Par la suite, il m'a toujours battu. Je ne pourrai jamais oublier le match de l'US Open 2005, où je le joue au deuxième tour. J'étais un peu inquiet à la perspective de ne pas faire le poids et de ne pas offrir au public le spectacle qu'il attendait. Peu avant d'entrer sur le court, je croise John McEnroe qui allait commenter pour CBS et je lui demande : « John, j'ai peur. Donne-moi un conseil. Qu'est-ce que je dois faire ? » Il me répond : « Trouve le plus vite possible l'occasion de faire un coup magique. Tu vas voir, le public va adorer. » Dans le deuxième jeu du match, je réussissais un passing entre les jambes et la folie a commencé. Durant trois sets, soutenu par le public, j'ai réalisé les plus beaux points de ma carrière. Je n'ai pas honte d'avouer qu'en d'autres occasions, j'ai largement subi sa loi.

Si Roger obtient d'aussi bons résultats, c'est qu'il maîtrise tous les domaines du jeu. Techniquement, il est proche de la perfection. Sa gifle de coup droit est exceptionnelle, combinant vitesse et sécurité. Avec cette arme il peut trouver toutes les zones et retarder sa frappe pour « fixer » l'adversaire. Bien qu'inférieur à son coup droit, son revers est très performant. Il peut le lifter ou le slicer et défendre comme attaquer. Seul un gaucher comme Nadal, qui s'appuie en plus sur un lift exceptionnel, arrive à le mettre en difficulté sur ce côté-là.

Son service, sans être le plus puissant du circuit, est l'un des plus efficaces et des plus précis. Il peut utiliser tous les effets et toucher toutes les zones. Ses cinquante aces en finale de Wimbledon 2009, face à Andy Roddick, en sont la preuve.

Sur le plan physique, il est l'un des rares joueurs à avoir une dissociation entre le haut et le bas du corps. Lorsqu'il court, il donne l'impression d'être scindé en deux : le haut du corps relâché, le bas en tension. À l'inverse, lorsqu'il frappe, le haut est tendu et le bas semble décontracté. Cette qualité, qu'il partage avec Sampras, donne une rare élégance à ses déplacements et lui permet de conserver un équilibre parfait dans toutes les situations. Sur le plan tactique, il joue toujours juste, ce qui n'est pas le point fort des meilleurs. Les tout premiers ont une telle confiance en leur jeu qu'ils se soucient rarement de l'adversaire et ne cherchent à connaître ni ses faiblesses ni la meilleure manière de l'aborder. Ils ne songent qu'à imposer leur jeu en s'appuyant sur leurs forces. Federer prend le jeu adverse en considération.

Sur le plan mental, il oscille entre décontraction et vigilance. Il plaisante avant d'entrer sur le court, sachant qu'il est parfaitement préparé et qu'au moment de jouer il sera capable de donner le meilleur. Sa gestion des points importants et du *show time*, comme disent les Américains, est remarquable. Pendant le match, enfermé dans sa bulle, rien ne peut le perturber. Il gère à la perfection ses émotions jusqu'à la délivrance de la balle de match.

Lorsque j'entre sur le terrain, je crois toujours en mes chances. En cette fin de carrière, Federer est l'un des seuls joueurs, avec Nadal, face auxquels j'éprouve un sentiment d'impuissance. Cela ne m'empêche pas de vouloir encore et toujours le rencontrer. Ma fille, à qui j'ai voulu le présenter une fois, a couru se cacher sous une table pour ne pas le saluer. Elle déteste cet homme qui bat toujours son papa. Quand je lui dis que j'aime jouer contre lui, elle me regarde avec un air de totale incompréhension !

Ma longévité

Bien souvent ces dernières années, des joueurs ou des journalistes me questionnent sur le secret de ma longévité. Quelle est mon explication ? En quoi suis-je différent de ceux qui ont arrêté avant trente ans, cassés et épuisés ?

Bien sûr, si j'avais triché, si je n'avais pas écouté et respecté mon corps, aujourd'hui je serais, comme on dit dans notre jargon, « cuit aux patates ». Mais avant d'évoquer l'importance de l'organisme, du métabolisme, de l'alimentation, du sommeil, de l'entraînement ou du repos, j'insiste sur la passion qui m'habite. Je suis convaincu que c'est elle qui commande et envoie les informations au cerveau. Lorsque l'on prend soin de sa machine, elle peut durer longtemps, mais seulement si elle est guidée, poussée, manœuvrée par l'aiguillon de la passion. J'ai souvent demandé à des joueurs ce qui les avait motivés dans leur choix de faire carrière. Ils évoquaient un environnement favorable, la pression de leurs parents ou leurs aptitudes décelées très tôt. Seuls quelques-uns m'ont parlé de passion. Ce sont eux qui dureront le plus longtemps, accepteront de taper dans une balle presque tous les jours de l'année et de matcher aux quatre coins de la planète. Aimer son sport ne suffit pas, il faut qu'il vous fasse chaque fois vibrer. J'ai continué parce que jamais je ne me suis ennuyé. Aujourd'hui encore lorsque je rentre sur un terrain j'ai l'impression d'être un junior au plaisir intact. Mon type de jeu a été ma chance. Il m'a obligé sans cesse à m'adapter, à résoudre des problèmes différents à chaque match. Le jeu moderne qui fait appel à la puissance plus qu'à la créativité m'aurait très vite lassé.

Ce jeu atypique m'a aussi épargné des douleurs fréquentes de tennisman. Mon dos est équilibré, mes deux épaules sont à la même hauteur, mes dorsaux sont symétriques et mes deux bras identiques. Les joueurs de haut niveau ont souvent trois jambes et un bras. Moi j'ai deux jambes et deux bras comme tout le monde, parce que je joue à deux mains des deux côtés. Donc je ne souffre pas de déséquilibre et j'ai beaucoup moins de risques de me blesser. Moins de violence aussi des chocs reçus puisque, à la réception de la balle dans ma raquette, sa force est amortie par mes deux bras. Sur le haut du corps il n'y a qu'au service que je subis le même traitement que les autres, mais comme je sers moins fort que beaucoup, je ne fatigue pas trop mon épaule. Pour la préserver, je ne sers jamais à pleine puissance à l'entraînement mais je privilégie le travail technique. Je ne joue pas en force comme les joueurs modernes donc je me fais moins mal. À bientôt trente-sept ans, après près de cent matchs par an depuis plus de vingt ans, je ne souffre que d'une légère douleur lombaire, à peine gênante. Je crois que c'est exceptionnel à mon âge, en fin de carrière. J'ai certainement aussi bénéficié de bons gènes.

J'ajouterai un dernier élément : le désir de toujours chercher à comprendre. Le sport de haut niveau progresse en permanence. Qui ne progresse pas régresse. J'ai toujours voulu m'améliorer, trouver des solutions pour rester compétitif le plus longtemps possible. Cette dernière année encore je me suis battu sur chaque point essayant de toujours surprendre mes adversaires, avec un seul but : aller au bout de moi-même.

5.

ET MAINTENANT ?

Ma dernière année

À Doha en janvier 2009, j'ai eu peur d'être en train de faire mon année de trop, comme ces chanteurs trop vieux qui s'accrochent encore à la scène. Peur d'offrir au public un spectacle minable qui leur fait dire : « Il devrait s'arrêter, Santoro, il n'est plus que l'ombre de lui-même. » Je venais de recevoir une claque de Nadal, 6-0, 6-1, et j'ai pensé : « Si ça doit durer comme ça toute l'année, ça va être l'enfer ! » Moi qui voulais tant finir en beauté, je n'en prenais pas le chemin. Après le match, j'étais abattu comme un gosse qui vient d'être puni, quand j'ai reçu un texto de mon amie : « C'est bien, tu rentres demain. » J'ai réservé un billet d'avion pour Paris en me disant : « Elle a raison, je vais rentrer quatre jours avant de repartir pour Melbourne. » Les quelques heures avant le départ m'ont permis de me ressaisir. Depuis quinze ans, j'enchaînais systématiquement Doha et le voyage en Australie. La saison venait de commencer. Je ne pouvais pas jeter l'éponge le 6 janvier et abdiquer sur une claque. J'ai annulé ma réservation et choisi de m'envoler pour l'Australie avec un seul objectif en tête : utiliser les quinze prochains jours pour préparer au mieux mon soixante-sixième grand chelem.

La suite ne m'a pas fait regretter mon choix. Dans les mois précédant mon dernier tournoi à Bercy, j'ai vécu de grands matchs à Melbourne et à Wimbledon, des émotions fortes à Roland-Garros et gagné un tournoi à Johannesburg... Une dernière saison qui se déroule idéalement bien, avec des plaisirs intenses, de bonnes doses d'adrénaline et le soutien merveilleux du public plus présent que jamais. Après de telles satisfactions, il m'arrive de me demander parfois si je ne pourrais pas continuer encore un peu, juste une année...

Ces premiers mois de 2009 ont malheureusement été endeuillés par la disparition brutale de Mathieu Montcourt. Je n'oublierai jamais ce matin où, à mon réveil à Newport, j'allume machinalement mon téléphone pour découvrir la terrible nouvelle par texto ; « Mathieu Montcourt est mort cette nuit. » J'appelle tout de suite l'expéditeur : « Comment est-ce possible ? Que s'est-il passé ? »

Sans avoir fait partie de ses proches, je n'arrive pas à me défaire des moments partagés avec lui, je me réveille plusieurs fois la nuit avec son image. Je nous revois dans les vestiaires, à Bordeaux, échangeant quelques paroles. Tout le milieu du tennis a été bouleversé de voir partir si jeune, si vite, un sportif de haut niveau, en pleine forme. Le cœur de Mathieu s'est arrêté au milieu de la nuit. Il avait vingt-quatre ans.

Le lendemain, je dispute un match et je ressens, pour la première fois, la peur de m'engager pleinement. Je ne me précipite pas sur certaines balles, je redoute l'arrêt cardiaque. Cette peur me revient parfois, comme un flash, après une course épuisante.

Melbourne 2009

Le site de Melbourne m'a offert mes meilleurs souvenirs. En 2001, la France y remportait la coupe Davis, en 2003 et 2004, j'ai gagné l'Open d'Australie en double avec Michaël Llodra et en 2006 j'ai été quart-de-finaliste en simple. Ce pays de sportifs, de pleine nature, immense mais peu peuplé, insulaire, isolé et protégé de la violence du monde et de la pollution, me plaît. Je pourrais y vivre et je suis toujours heureux d'y revenir.

Lorsque j'ai commencé ma carrière, certains joueurs ne faisaient pas ce long déplacement, considérant ce tournoi moins valorisant que les autres grands chelems. À l'époque les infrastructures étaient dépassées, alors qu'aujourd'hui ses deux centraux avec toits amovibles sont uniques. Le règlement empêche de commencer un match par plus de 38 °C. Les toits, une fois refermés, préservent des trop fortes chaleurs. La surface en dur me convient bien, malgré une élasticité qui fait varier le rebond selon la température. Plus il fait chaud, plus il est haut.

J'arrive à Melbourne le 15 janvier avec mon ami David. Le tournoi débute le 19. Le 16 en fin de matinée, je reçois un appel en provenance d'Adélaïde. L'organisateur d'une exhibition me propose de participer à son événement le soir même et le lendemain. Je prépare un petit sac et saute dans le premier avion. Atterrissage à 17 heures, je dois jouer à 19 heures. Changer une nouvelle fois de lit et reprendre l'avion me pèse, mais je suis persuadé que ces deux matchs me seront utiles. Une dernière occasion de jouer dans des conditions de match, mais sans la pression du résultat. Je me rends compte que mon niveau de jeu est bien meilleur que deux semaines plus tôt à Doha, le travail effectué ces derniers jours a porté ses fruits. Le dimanche 18 je pose à nouveau mes bagages à Melbourne, cette fois je ne bougerai plus jusqu'à la fin du tournoi.

Je me sens rassuré par mon exhibition à Adélaïde, mais je redoute de devoir jouer quatre ou cinq heures sous une grosse chaleur. La température en cette saison peut atteindre les 40 °C sur les courts annexes.

Est-ce que je vais être capable de tenir alors que je viens de fêter mes trente-six ans et que ma préparation hivernale a été des plus sommaires ? Une belle rencontre a pris un peu trop de mon temps... Déjà vingt jours que j'ai quitté ma fille et mon amie. Elles me manquent, mais j'espère leur offrir un beau tournoi.

Mon adversaire au premier tour est Juan Carlos Ferrero, ex-numéro 1 mondial et vainqueur de Roland-Garros en 2003. L'affronter au premier tour est une redoutable entrée en matière. Le match est programmé en fin de journée ce qui me garantit de le terminer à la lumière artificielle et sous une chaleur un peu moins étouffante. Dès le début du match, je me sens bien. J'enchaîne les aces, et empêche Ferrero de mettre en place son habituel jeu destructeur. Un petit clan de Français me soutient avec passion. Le match est solide de bout en bout. La bataille est rude, mais je tiens bien la route. Je remporte ce premier tour en quatre sets, content, fatigué mais pas exténué.

Deux jours plus tard je rentre à nouveau sur ce même court numéro 6, face à Kohlschreiber. Je l'ai déjà affronté une fois à Moscou et je l'ai battu mais il a progressé depuis. Je m'attends donc à un adversaire encore plus redoutable que Ferrero. Une nouvelle fois je suis programmé en fin de journée, mais la température avoisine tout de même les 40 °C. Dès mon entrée sur le court, je suis heureux d'entendre les supporters français. Je vais avoir besoin de leur soutien.

Dès le début du match nous jouons à un très bon niveau. Je perds le premier set, puis je reviens dans la partie en remportant le deuxième. Kohlschreiber joue vraiment bien et remporte le troisième. Deux sets à un en sa faveur, ce sera dur pour moi. Physiquement je commence à souffrir de la chaleur, de la fatigue et psychologiquement il a pris l'ascendant. Mais je ne veux pas céder. Je voudrais maintenir ce niveau de jeu car, même mené au score, je sens que je ne suis pas si loin. Au quatrième set, il prend mon service d'entrée. Il pense sans doute à ce moment-là qu'à mon âge, mené deux sets à un et un break de retard, je vais baisser ma garde. Mais ce jour-là, rien ne pouvait me faire abdiquer. Après un bon jeu de retour, je recolle au score pour finalement remporter le set 7-5. Le public s'enflamme. Mes douleurs sont de plus en plus présentes. Kohlschreiber a dix ans de moins que moi, je le sens dans mes jambes ! À l'entame du dernier set, je suis complètement KO mais je poursuis la lutte. Nous nous livrons une vraie bataille, nous rendant coup pour coup. Hors de question de céder, je continue à prendre des risques pour m'économiser sur le plan physique. Je n'ai plus les moyens de défendre, il faut donc que j'attaque, quitte à commettre des erreurs. Je réussis le premier le break et conserve avec beaucoup de difficultés mon service pour mener cinq jeux à trois. À deux points de la victoire sur son service, je ressens une violente crampe à la jambe gauche. Je vais chercher calmement ma serviette sur ma chaise et bois une gorgée d'eau pour essayer de récupérer. Je sais que je vais dépasser les vingt-cinq secondes réglementaires mais je n'ai pas le choix. J'entends l'arbitre : « *Time violation. Warning, mister Santoro.* »

Le public se rend compte que je suis KO debout. Dans cet état de fatigue extrême, je me procure pourtant une balle de match. La crampe revient dans ma jambe. Je n'ai pas le choix, quelle que soit la qualité de son service, j'irai au filet, je ne suis plus en état de courir. Il rate sa première balle. Sur sa deuxième, je frappe un coup droit slicé et je monte au filet. Mon coup est un peu raté, très court, mais difficile à jouer pour lui. Il ne peut que décrocher un mauvais lob qui me permet de frapper le smash de la délivrance après quatre heures neuf minutes de jeu. Perclus de crampes, j'ai du mal à arriver jusqu'au filet pour lui serrer la main, encore plus à rejoindre ma chaise. Je ne suis même pas en état de porter mon sac. Il fait nuit sur Melbourne, l'ambiance est extraordinaire autour du terrain. Je tombe dans les bras de David, aussi heureux que moi de ma victoire. Je suis surpris et fier de sortir vainqueur de cette longue bagarre dans des conditions extrêmes. J'ai puisé tout au fond de moi, en partie pour épater mon amie restée à Paris. Une belle histoire éphémère qui m'aura permis de me surpasser durant cette quinzaine. Comme après chaque grande victoire, je reçois des dizaines de textos de ma famille, mes amis, mes relations. L'un des plaisirs secondaires de la victoire.

Une seule journée de repos avant le prochain tour. Mon objectif immédiat : récupérer au mieux pour être présentable dans deux jours. Massages, étirements, décrassage, alimentation saine et sommeil, tel sera mon programme avant d'affronter Andy Roddick.

Le matin de mon match, je suis agréablement surpris par mon état physique. Malgré quelques douleurs lombaires et une fatigue générale, je suis en état de défendre mes chances face à l'Américain.

Meilleur que moi sur le papier, notre historique lui est favorable. Nous nous sommes affrontés quatre fois, trois victoires pour lui. Dès les premières minutes, je découvre que j'ai en face de moi un très bon Roddick. Performant au service comme d'habitude, mais aussi dans le reste du jeu. Il me prend mon service rapidement et je n'ai pas l'occasion de revenir, car il est « imbreakable ».

Je perds logiquement le premier set. Il continue à jouer en pleine confiance. Je suis surpris par la qualité de mon jeu, mais je ne trouve pas de solution. Je me demande comment je vais pouvoir faire basculer cette partie s'il ne faiblit pas. Je perds le deuxième set, accroché, mais Roddick joue mieux. Deux sets à rien. Il me sera très difficile de revenir. Je résiste bien au troisième, mais il le gagne logiquement. Je suis conscient d'avoir tiré le maximum de mon jeu et d'avoir perdu contre meilleur que moi.

Après le match, assis sur ma chaise pour récupérer, la satisfaction d'avoir atteint le troisième tour l'emporte sur la déception. Avec un tableau aussi difficile c'était inespéré. Au moment où je vais me lever pour quitter le court, j'ai l'immense surprise de voir arriver le directeur du tournoi qui m'offre une petite cérémonie pour fêter mon dernier Open d'Australie, avec discours et magnum de champagne. Roddick prend même le micro et me félicite pour ma carrière. Moment d'autant plus émouvant qu'inattendu. Le magnum de champagne terminera dans une poubelle de l'aéroport de Melbourne, les responsables de la sécurité interdisant tout liquide à bord.

Roland-Garros 2009

Tout petit Français qui joue au tennis rêve de disputer un jour le tournoi de Roland-Garros. Connaître la joie de fouler les courts de la Porte d'Auteuil avec la garantie d'être soutenu de bout en bout par un public chauvin, un peu, mais connaisseur, surtout. Je tenais vraiment à disputer un Roland-Garros de plus, le vingtième, avant de mettre un terme à ma carrière.

25 mai 2009. Mon match est programmé pour demain sur le court Suzanne-Lenglen. La direction du tournoi m'a demandé si je préférais jouer sur le

« Lenglen » ou sur le « 1 ». Le « 1 » contient 5 000 places, le « Lenglen » 14 000. Mon choix s'est arrêté sur le court le plus grand. Je rêvais de jouer ce qui sera peut-être mon dernier match à « Roland », sur le central, mais l'affiche n'était pas assez prestigieuse pour ce court dont les matchs sont retransmis dans le monde entier.

J'ai fait beaucoup d'efforts pour préparer le tournoi que j'appréhende le plus dans cette saison 2009. J'ai même perdu deux kilos pour me sentir plus léger. Le corps va bien, la tête aussi. Seul élément nouveau qui ajoute du stress : c'est la première fois que je joue mon dernier Roland-Garros !

À presque trente-sept ans, disputer un tournoi au meilleur des cinq sets, sur la surface la plus exigeante, m'a fait faire des cauchemars. Sur terre battue les matchs sont plus longs et plus intenses. Suis-je encore capable de tenir cinq sets sur cette surface ? J'ai peur de décevoir, de ne pas tenir physiquement, de rater ma sortie. Ces dernières semaines j'ai été très sollicité par les médias et chacun semblait attendre un exploit. J'ai beaucoup expliqué que ce tournoi serait périlleux pour moi. Mais m'a-t-on entendu ?

Vendredi 22 mai à 11 h 30. J'attends avec inquiétude le tirage au sort. Ouf ! Mon adversaire est Christophe Rochus, numéro 1 belge et 65e mondial. Un joueur « prenable ». Il est dans la catégorie des joueurs difficiles à battre, mais je me sens capable de relever le défi. Nous nous sommes déjà affrontés à cinq reprises. Ma seule défaite face à lui s'est jouée… sur terre battue.

La veille du match je m'entraîne une heure sous une chaleur accablante. Il fait 30 °C à Paris. Si demain la chaleur est la même, je vais souffrir. Je réfléchis à la tactique et décide de jouer bombé pour repousser mon adversaire et l'obliger à jouer à hauteur d'épaules. Ça devrait lui faire mal et déranger son mètre soixante-dix. De mon côté je dois reculer et utiliser au maximum mon coup droit lifté.

Dernière soirée, nous dînons en famille, mes parents, ma sœur et mon neveu. Nous partageons l'inévitable plat de pâtes d'avant match. Je ne suis pas trop bavard. Un yaourt et je m'enferme dans ma chambre.

21 h 30. J'essaie de retrouver le calme auquel je suis habitué dans les tournois extérieurs, quand je suis seul dans ma chambre d'hôtel. Je prépare mon sac, je vérifie que je n'ai rien oublié. Je passe quelques coups de fil. J'éteins la lumière à 23 heures Un violent orage éclate. La température baisse considérablement.

Ma nuit est bizarre, agitée. Je me souviens d'un rêve. J'entre sur le central et je me rends compte au dernier moment que j'ai oublié mon short ! Le stress monte.

Au matin il pleut. Les matchs vont être retardés. Je dois jouer en quatrième position. Je sens déjà que je vais passer une sale journée à attendre que la pluie s'arrête, que les matchs reprennent avant de connaître l'heure approximative du mien. Mon échauffement est programmé à 12 h 15. Mon statut de joueur français m'offre le privilège de pouvoir utiliser le seul court couvert en terre battue de Roland-Garros. Je travaille encore ma stratégie pour le match.

Petite douche, plat de pâtes dans le restaurant des joueurs. Les conditions météo me posent deux problèmes : je ne sais pas si je vais jouer à 16 heures, 18 heures ou 20 heures. Donc je dois être attentif à la façon de m'alimenter pour ne pas risquer l'hypoglycémie pendant le match, ou au contraire ne pas entrer sur le court en pleine digestion.

Deuxième interrogation : la température ne dépassera pas 10 °C, le terrain sera lourd, gras, et les balles lentes. Le rebond sera plus bas qu'escompté. Dois-je changer de tactique avant même d'avoir commencé ? J'ai travaillé pendant plusieurs jours le même schéma de jeu. Est-il encore temps d'en changer ? Je réfléchis. Seul. Il est 14 heures. Les matchs viennent de commencer avec deux heures de retard sur le planning. L'attente va être interminable. Il y a trop de bruit dans la zone réservée aux joueurs. Je téléphone à mon ami David qui n'habite pas trop loin de Roland-Garros pour lui dire que je viens me reposer chez lui.

Je suis au calme sur son canapé pour suivre le match opposant Gaël Monfils à Bobby Reynolds. Je sens que je vais jouer tard. Depuis plusieurs années je fais systématiquement une sieste lorsque je joue après

18 heures. Je m'allonge et dors vingt minutes. À mon réveil Gaël mène deux sets à zéro. Je dois vite repartir à Roland-Garros. Je peux jouer dans moins de deux heures.

17 heures. Retour aux vestiaires. Le compte à rebours est lancé. Gaël conclut son match et Serena Williams et Klara Zakopalova entrent sur le terrain. Je suis le score sur l'écran des vestiaires. La petite Klara s'accroche bien et sauve plusieurs balles de match dans le deuxième set. Elle le remporte. Après m'être préparé à entrer sur le terrain, je dois patienter encore un set. Il faut que je m'alimente encore.

18 heures. Le ciel s'assombrit. Je crains d'être gêné par le manque de luminosité. Il fait froid. Je suis un peu triste de jouer ce qui sera peut-être mon dernier match sur un court sombre devant des spectateurs glacés.

Fin du troisième set logiquement gagné par Serena. Le superviseur vient lancer le décompte : « *Five minutes.* » Mon adversaire est à quelques mètres de moi. Nous avons juste échangé quelques mots convenus.

18 h 30. J'entre enfin sur le terrain. Dans la tribune des joueurs je repère mes parents, ma sœur et mon neveu, des entraîneurs proches, Laurent Raymond, Éric Deblicker et Emmanuel Planque, et quelques amis. Ils sont emmitouflés pour se protéger du froid. J'ai une pensée pour ma fille qui n'a pas pu être là.

J'espère que ma fille regarde le match à la télévision. Les trois premiers jeux sont pour Rochus. Perdre mon service d'entrée, c'est le pire des scénarios. Je joue en défense, je n'arrive pas à attaquer. Les échanges sont trop longs, trop lents. C'est le type de jeu que je déteste. Un jeu pour jeune terrien alors que je ne suis plus ni jeune ni terrien. 6-3 pour Rochus dans le premier set. J'ai froid, je suis obligé de mettre un pull autour de mon cou à la pause pour ne pas trop me refroidir. Le deuxième set est expédié. 6-1 pour Rochus.

Je n'ai pas d'autre choix que d'attaquer, il faut que j'arrive à me faire plaisir et à faire plaisir au public. Je décide de prendre des risques à chaque point. Ça passe ou ça casse. Et ça passe. Je monte au filet autant que possible et la chance est avec moi. Je claque enfin des aces. Je retrouve mon jeu. Le public, refroidi tant par la température que par mon jeu décevant des deux premiers sets, se met à vibrer et me soutient. Il applaudit, crie, lance une ola qui fait deux fois le tour du terrain. Je retrouve le plaisir. Quand je joue mon tennis d'attaque, quand j'arrive à placer quelques coups spectaculaires, je me régale. Mais est-ce qu'il n'est pas trop tard ? Il va être difficile de combler le retard des deux premiers sets. Je remporte le troisième 6-3. Il est presque 21 heures. J'y vois de plus en plus mal. Je demande à l'arbitre de chaise d'arrêter le match. Il me dit qu'il attend encore vingt minutes. Nous entamons le quatrième set. Rochus remporte son service. L'effet de surprise du troisième set est moins efficace au quatrième car il a su s'adapter. Nous sommes à 5-2 pour Rochus, avec service à suivre. Il fait vraiment sombre. Je demande encore une fois à l'arbitre d'arrêter le match. Mais il veut jouer deux jeux de plus. Je sens bien qu'il espère un 6-2 pour Rochus afin que la partie se termine. Je ne veux pas lui offrir ce plaisir. Je breake, 5-3. L'arbitre annonce enfin que la suite du match est reportée au lendemain à cause de la nuit. Soulagement. Je n'aurais pas aimé quitter mon dernier Roland-Garros dans le noir et le froid.

La suite demain matin en deuxième match. C'est la règle, les matchs interrompus sont toujours placés en deuxième position. Je vais pouvoir me faire masser, me reposer, revenir sur un court plus lumineux. Je veux finir au soleil.

En rentrant à la maison ce soir-là je me sens comme un rescapé, conscient d'être passé tout prêt de l'élimination. Heureusement j'ai décroché une chance supplémentaire. Comme après chaque match il me faut quelques heures pour trouver le sommeil, la tension doit retomber.

Je me réveille fatigué. Je n'ai dormi que six heures. Ce n'est pas mon genre, moi qui dors neuf heures les veilles de match. Je sais que ça va être dur de revenir à cinq partout. Je n'ai plus le choix, il faut que j'attaque d'entrée. Je vais m'échauffer une heure, pour rentrer à fond dans cette fin de match.

Trente minutes avec mon entraîneur Laurent Raymond et trente de plus avec son élève Mathieu Montcourt. Mathieu doit disputer son deuxième tour en début d'après-midi. C'est la première fois que nous jouons ensemble et, sur le terrain, il y a un mélange de concentration et de bonne humeur.

J'attends une fois encore dans les vestiaires la fin d'un match qui oppose deux Russes : Safina et la jeune Diatchenko. La numéro 1 mondiale expédie sa compatriote en deux sets, 6-1, 6-1.

J'entre sur le terrain. Je porte la même tenue que la veille, short blanc, tee-shirt blanc et bleu aux épaules. Peu de monde dans les tribunes en ce mercredi matin, mais mon clan est venu me soutenir une fois encore. Le soleil est là, les conditions rapides me seront donc favorables. Le temps est compté, je ne suis qu'à quatre petits points de la défaite. Un match en cinq sets peut s'apparenter à un marathon, mais à ce moment de la partie, j'ai conscience d'entrer sur le court pour le sprint final. À moi de servir. J'attaque tout de suite. Trois aces dans le premier jeu que je remporte blanc. 5-4. Clameur du public qui croit en mes chances. Moi aussi. Je retourne à ma chaise satisfait. Départ idéal qui oblige Rochus à servir pour le gain du match. Je considère chaque point comme une balle de match. Je n'ai pas droit à la moindre erreur. Rochus le sait et va tout donner. Le premier point est pour moi. Rochus me rejoint à 15A. Puis 30-15, 40-15. Deux balles de match. Sur la première, je fais un retour volée. Il rate son passing. Sur la deuxième, je monte à nouveau au filet. Je fais une volée chanceuse en extension qui l'empêche de réussir son lob. 40A. Je suis dans le tempo. Je sais que si je remporte les deux prochains points et recolle à cinq jeux partout, je prends une option pour le match. Je serai porté par le public jusqu'à la fin, j'oublierai la fatigue. 40A. Un retour de coup droit slicé facile m'échappe de vingt centimètres en longueur. Troisième balle de match. Que faire ? Jouer un échange de fond de court ou prendre encore un risque ? J'opte pour la deuxième solution. Je monte à nouveau au filet, il frappe un passing parfait. Imparable. En huit minutes intenses, je viens de perdre mon dernier match à Roland-Garros.

Le public lâche d'une seule voix un long cri de déception. Je suis assis sur ma chaise. Des images se bousculent dans ma tête. J'espérais passer ce premier tour. Une défaite au deuxième tour sur le central m'aurait plus satisfait. Mais comme à mon habitude, je ne rumine jamais une défaite, même celle de mon dernier Roland-Garros. Ce sont les images de tout ce que j'ai vécu ici durant vingt ans qui me reviennent : mon premier match en 1989, ma victoire face à Marat Safin en 2001, la joie que j'ai ressentie chaque année à participer à ce tournoi. Ce mercredi 27 mai 2009, une page importante de ma vie de tennisman vient de se tourner.

Lundi 1er juin sur le central

Le président de la fédération de tennis, Jean Gachassin, m'annonce qu'il va organiser une cérémonie pour fêter mon dernier Roland-Garros. La date choisie est le 1er juin, jour de la Pentecôte. Elle se déroulera sur le central entre deux matchs. Je vais donc fouler sa terre pour mon dernier Roland-Garros, mais sans raquette à la main. Je ne sais pas comment se déroulera la cérémonie, mais je sais que je devrai prendre la parole. Sans vraiment préparer de discours, j'y pense régulièrement dans les jours précédents. Je voudrais remercier ceux qui m'ont aidé dans ma carrière, mes entraîneurs, avec une mention spéciale pour mon père, et adresser quelques mots aux enfants qui seront présents en masse autour du central en ce jour férié. À tous ces champions en herbe, j'aimerais transmettre ma passion. Leur dire que c'est un métier magnifique mais difficile et qu'ils ne réussiront pas sans travail ni obstination. Et surtout qu'ils ne doivent pas avoir peur de l'échec. Je suis heureux de cette occasion qui m'est donnée de m'adresser à eux.

Le central est archi comble. La cérémonie a lieu entre le match de Federer et celui de Tsonga. Au milieu du court m'attendent Jean Gachassin et Marc Maury, le speaker du tournoi. Quand je mets le pied sur le terrain, je me sens nu malgré ma tenue de ville. Je n'aurais pas imaginé être aussi tendu. Après quelques mots très flatteurs de Jean Gachassin sur ma carrière, Marc Maury me tend le micro. Je suis pris par l'émotion, je sens mes jambes vaciller. La voix un peu tremblante, je remercie mes entraîneurs, mais oublie mon papa. Je me sens maladroit. J'arrive au bout après avoir à peu près fait passer le message que je voulais aux enfants et rendu hommage au public qui m'a soutenu durant toute ma carrière. Les applaudissements montent des gradins. Je ne m'en suis pas si mal sorti.

Jean Gachassin m'offre le trophée : entre deux plaques de plexiglas où mon nom est gravé, un échantillon des couches de terre et de graviers qui soutiennent la surface des courts de Roland-Garros, symbole de cette terre battue que j'ai foulée pendant vingt années. C'est le seul trophée que j'aie placé en évidence chez moi. Marc Maury me pose une question : « Quels sont tes projets ? » J'hésite quelques secondes. Je n'ai pas de projets assez aboutis pour pouvoir répondre précisément. Il me vient une seule idée en tête, celle du projet qui me tient le plus à cœur. Est-ce que je vais le dire ? J'ose et réponds, devant le central comble et les télés qui filment la cérémonie : « J'aimerais avoir une femme à mes côtés. » Le lendemain, ma page sur Facebook débordera de propositions !

Wimbledon 2009

Juin 2009. Dernier rendez-vous sur le plus feutré des tournois du grand chelem. Dix-neuf terrains de gazon taillé au rasoir. Un espace magnifique réservé aux joueurs où l'on déjeune en suivant quelques matchs depuis le restaurant panoramique qui domine les courts. Un encadrement à la courtoisie britannique et au professionnalisme intransigeant. Tous les joueurs connaissent la mésaventure survenue il y a quelques années à Boris Becker, à l'époque numéro 1 mondial, qui s'est présenté sans son badge sur son terrain d'entraînement réservé : « Votre badge, monsieur, lui demande le vigile. – Je l'ai oublié. – Alors vous ne pouvez pas pénétrer sur le court. – Mais je suis Boris Becker ! – Je sais bien, mais vous n'avez pas votre badge », lui a-t-on répondu très poliment. Boris Becker a dû retourner le chercher dans les vestiaires. Le sourire de rigueur mais aucun passe-droit.

À Wimbledon nous n'avons pas l'impression d'être dans un lieu marchand, comme sur d'autres tournois, mais dans un coin de campagne consacré au tennis. Pas une pub le long des terrains, mais des tentures vert gazon, pas de fumée de merguez qui envahit les courts par grand vent mais les pétales des roseraies qui volettent, pas de tableau électronique sur les courts secondaires mais des scores placés à la main. Les juges de ligne ont la classe, en pantalon beige pour les hommes, jupes mi-longues pour les femmes, chemise à fines rayures bleues et vestes gansées de beige. Les joueurs portent tous l'obligatoire tenue blanche. Le public applaudit entre les échanges sans excès et n'imagine pas lancer une ola. Trop vulgaire, trop shocking ! Même les balles rebondissent sans bruit.

Pendant plusieurs années je n'ai pas joué ici. L'herbe ne convenait pas à mon jeu. Aujourd'hui je m'y sens plus à l'aise que sur terre battue. En vieillissant j'apprécie la particularité de cette surface. Sur herbe la balle file vite, rebondit bas et les échanges sont courts. Seul inconvénient du gazon, quelques courbatures déplaisantes au niveau des fessiers. Les rebonds bas nous obligent à baisser notre centre de gravité, à plier les jambes et sollicitent énormément les muscles fessiers. Déçu par mon résultat à Roland-Garros, j'espère faire mieux ici.

Premier tour contre Nicolas Kiefer, contre lequel j'ai perdu en mars, à Miami, avec une balle de match. Je sais qu'il est « prenable » et mon désir d'effacer cet échec renforce ma détermination. Je me suis bien entraîné au Lagardère Paris Racing, sur l'un des seuls courts parisiens en gazon. Ce match que j'appréhende se déroule bien dès les premières minutes. Le « breaker » au deuxième jeu me permet de faire la course en tête et de jouer libéré. Je remporte le premier set 6-4. Le deuxième est presque une formalité : 6-2. Je n'ai pas besoin de jouer à mon meilleur niveau, Kiefer est dans un mauvais jour. Il accumule les doubles fautes. Je n'essaie même pas de l'entraîner dans ma filière, j'ai l'impression de jouer tout seul. Je breake d'entrée au troisième et le remporte 6-2. Je suis content d'avoir passé ce premier tour en moins de deux heures. Les victoires à sens unique ont moins de saveur mais passer peu de temps sur le court est important sur les tournois du grand chelem. D'autant plus qu'au tour suivant je dois affronter Juan Carlos Ferrero, un adversaire plus redoutable.

Le matin du match, je révise sur mon ordinateur les informations que j'ai notées sur le jeu de l'Espagnol. J'ai aussi en mémoire notre dernière confrontation, six mois plus tôt à l'Open d'Australie. Pour pouvoir le battre à nouveau je vais devoir l'empêcher de m'agresser, écourter les échanges et je compte sur l'efficacité de mon service pour y parvenir. Malgré un début de match où je suis plus souvent l'agressé que l'agresseur, je remporte la première manche. Cette avance d'un set ne me rassure pas pour la suite. J'ai été chanceux, je suis conscient d'avoir été dominé durant cette première heure. Je dois trouver une solution pour qu'il cesse de me trimballer aux quatre coins du court. Mais la qualité de son service et de ses frappes me met trop souvent sur la défensive, j'ai peu d'occasions de me tenir à ma stratégie. Au fil des minutes, mes jambes s'alourdissent, et appliquant à merveille les conseils de son clan qui lui demande bruyamment de me fatiguer, il continue son travail de sape. Je résiste bien, mais il remporte les trois sets suivants en continuant à me faire visiter le court. Je me sens comme un taureau dans l'arène, qu'on a épuisé avant de l'achever. Mon retour aux vestiaires est douloureux, je dois quitter, au deuxième tour, le tournoi du grand chelem sur lequel j'avais le plus misé. Après la conférence de presse habituelle, je rentre dîner à l'hôtel. Un ami m'annonce par texto la mort de Michael Jackson, l'idole de mon enfance. *Thriller* est la première cassette que j'aie achetée et j'ai dû regarder des dizaines de fois ses clips en DVD. Sale journée.

US Open 2009

À Flushing Meadows, en rentrant aux vestiaires après un entraînement, je rencontre l'une des légendes du tennis, Jimmy Connors. Il vient vers moi et m'interroge ; « Fabrice, c'est vraiment ton dernier grand chelem ? – Oui. – Tu es combien au classement ? – 44e cette semaine. – Tu es blessé ? Tu n'aimes plus le tennis ? Pourquoi est-ce que tu arrêtes ? Sache que, quoi que tu fasses après, tu ne retrouveras jamais le même plaisir que sur un terrain. » Paroles d'un joueur à la magnifique carrière qui a joué jusqu'à l'âge de quarante ans.

Un peu plus tard je croise John McEnroe qui me lance : « Je ne crois pas à ta retraite. Tu vas encore jouer l'année prochaine. » Ces immenses champions ont, l'un et l'autre, connu de très belles reconversions sans jamais retrouver le même bonheur que sur un court. Leurs paroles me font réfléchir. Une fois encore je suis partagé. Toutes les occasions sont bonnes pour me faire douter de la pertinence de mon choix d'arrêter cette année. J'ai du mal à mesurer si je suis lassé de mon métier ou si c'est la solitude dans laquelle je voyage depuis un an et demi que je ne supporte plus. Ici encore, à New York, je suis seul le soir. Si j'avais un entraîneur avec moi à chaque tournoi, une compagne à mes côtés dans les hôtels et sur les gradins pendant mes matchs, aurais-je pris la même décision ? Ces questions se bousculent dans ma tête le soir dans ma chambre d'hôtel, pendant que discrètement je regarde le planning 2010. Est-ce que je pourrais m'organiser pour repartir encore une année ? C'est tentant, mais je ne veux plus le faire dans ces conditions, plus jamais.

Le tirage au sort est un moment angoissant pour tous ceux qui, comme moi, ne sont pas tête de série. L'adversaire que le sort me désigne pour mon 18e US Open est Ferrero. Tirage difficile, mais excitant. Surprenant aussi, c'est la troisième fois que nous nous affrontons en tournoi du grand chelem cette année. Vainqueur à Melbourne au premier tour, défait à Wimbledon au deuxième, je ne suis pas favori. Il est 25e mondial et a obtenu d'excellents résultats ces derniers mois.

En entrant sur le court 11, je retrouve l'ambiance des courts annexes que j'adore. Il y a eu pas mal de bruit autour de mon dernier grand chelem et j'ai joué tellement souvent ici que j'ai presque la même notoriété qu'en France. Le public est de mon côté, mais malheureusement je n'ai personne de mon clan dans les gradins. Pas de coach, pas de compagne. Je sais que je ne pourrai capter aucun regard rassurant. Il est toujours difficile pour moi de ne pas pouvoir y puiser de l'énergie. Je rentre sur le terrain triste, sans appui, seul face à un Espagnol et entouré de trois mille Américains.

Dès les premiers échanges, j'ai la confirmation de ce que j'avais ressenti à l'entraînement, je ne suis pas assez mobile. Je frappe toujours bien la balle, malgré mon manque de compétition depuis six semaines, mais, par lassitude, je n'ai pas fait le travail physique nécessaire. Bizarrement je ne suis pas inquiet à l'idée de jouer trois ou quatre heures, je sais que je pourrais repousser mes limites, mais j'ai souvent un temps de retard sur la balle. C'est une sensation très désagréable pour un joueur qui a eu l'habitude, durant vingt ans, de très bien bouger sur un court. Ferrero est en forme. J'ai en tête ma défaite contre lui à Wimbledon dans un match où j'ai beaucoup trop subi. Je ne veux pas perdre celui-là en courant comme un lapin. Le perdre d'accord, mais en avançant. Je monte beaucoup au filet, plus de quarante fois je crois dans le premier set, mais mon manque de forme m'empêche de volleyer dans de bonnes conditions. Je deviens assez vulnérable. Je mène 3-1 après avoir breaké le premier, mais je ne peux pas garder la même intensité jusqu'au bout. 6-4 pour lui. Je breake encore au début du second set, mais le perds 6-3. Jusqu'au milieu du troisième set, je pense que je peux encore revenir, mais je passe autant de temps à me battre contre mon adversaire que contre ma frustration. À mes yeux, je ne joue pas bien, déçu de ne pas avoir su réunir les conditions idéales pour ce dernier US Open. Je perds le match après un retour dans le filet. Je sors du terrain abattu et pourtant ovationné par le public. J'aurais dû leur offrir plus. J'aurais dû mieux me préparer, être entouré de regards rassurants, d'un coach encourageant, j'aurais dû, j'aurais dû...

Dans la voiture qui me conduit à Manhattan, je retrouve une sensation que j'avais souvent plus jeune, ne pas avoir joué le match attendu. Arrivé à l'hôtel, je pose mon sac dans ma chambre, je m'étends sur mon lit et je reste là, seul, sans manger, jusqu'au lendemain matin neuf heures. Même pas le courage de me faire monter le *room-service.* Il y a longtemps que je ne m'étais pas senti aussi triste après un tournoi. Drôle de soirée pour fêter mon dernier match en grand chelem.

Ma décision d'arrêter

« Tu viens de jouer le plus beau match de ta carrière, tu auras trente ans l'année prochaine, c'est le moment d'arrêter. » C'est un ancien grand joueur français, Patrice Dominguez, qui, pour la première fois, en décembre 2001, me suggère de mettre fin à ma carrière. Je viens de le croiser après mon match en double avec Cédric Pioline, en finale de la coupe Davis à Melbourne. Était-ce vraiment le moment d'arrêter ? Je me suis posé la question. Finir sa carrière en beauté après une coupe Davis gagnée par la France, c'était tentant. Mais je me sentais encore frais et capable d'inquiéter les meilleurs. Je me suis dit que j'allais faire une saison de plus, pour voir si je tenais le coup... et de saison en saison j'ai repoussé l'échéance. J'ai pris des conseils auprès d'anciens joueurs. Tous m'ont tenu le même discours : « Fabrice, joue le plus longtemps possible. » J'avais aussi en tête une phrase de mon père : « Un sportif meurt deux fois. La première fois c'est quand il arrête sa carrière. » Pour m'aider à prendre cette décision difficile, j'attendais que mes résultats déclinent, comme c'est presque toujours le cas chez les joueurs de plus de trente ans... Il y a deux raisons qui conduisent un champion à arrêter sans hésitation : quand le corps dit « stop » en accumulant les douleurs et les blessures, ou quand les résultats se dégradent et que le joueur refuse de dépérir dans de petits tournois après avoir connu les plus grands terrains du monde.

À bientôt trente-sept ans, mon corps tient toujours bon et mes résultats ne déclinent pas. Depuis dix ans je me maintiens à un bon niveau autour de 50e mondial. Dès que je suis sur le terrain, je suis toujours prêt à mourir pour gagner. Alors pourquoi ce deuil programmé alors que tout va encore bien ? Pour partir avec panache en étant toujours compétitif ? Non, ce n'est pas dans ma nature. Je me dis même parfois que ça ne me gênerait pas d'attendre que mes résultats soient moins bons, si je peux gratter encore quelques moments de bonheur sur le court. Une phrase me semble parfaitement résumer mon attitude : « Depuis des années j'ai hâte que ça se termine et je fais tout pour que ça continue. »

C'est l'ancien footballeur Jean-Pierre Papin qui m'a aidé à prendre ma décision en me disant : « Le jour où tu n'as plus envie de t'entraîner, c'est le début de la fin. » Voilà, c'est arrivé, je n'ai plus envie de m'entraîner. Je n'arrive plus à me motiver, le moindre prétexte est bon pour annuler un entraînement. Mais sans préparation un joueur de haut niveau risque de se faire distancer très vite et de se blesser. Je n'ai passé que le premier tour du tournoi de Miami en février 2009, car j'étais épuisé au bout de trois sets par manque d'entraînement. C'est un trop gros risque à prendre. À chaque voyage mes valises sont de plus en plus lourdes. Pour me rendre à Miami, je n'arrivais pas à me décider à les faire, je m'y suis mis à 1 heure du matin, quelques heures avant le départ.

La plupart des gens que je croise en sortant du court ne croient pas que je vais réellement prendre ma retraite parce qu'ils me voient sur un terrain en nage et heureux. Mais ils ne savent pas que c'est tout le reste que je supporte de plus en plus mal, tout ce qui se passe en dehors du court. Avant je ne voyais que les avantages de ce métier, aujourd'hui je souffre de tous les inconvénients : la vie nomade, déconnectée de la réalité qui me fait me sentir de nulle part. Mes proches que je ne vois qu'en pointillé. Les projets impossibles parce que, si je sais à peu près quand je pars en tournoi, je ne sais jamais quand je rentre. Les repas sous contrôle, les tonnes de pâtes à ingurgiter. J'ai de plus en plus souvent la sensation, dans les vestiaires du monde entier, que ma vie n'est plus là. Il m'arrive parfois, en pleine nuit dans les avions, quand tout le monde dort autour de moi, de les regarder et de me demander : « Mais qu'est-ce que je fais là ? » Je rêve d'aller skier avec ma fille aux prochaines vacances scolaires d'hiver, et de manger une tartiflette au retour des pistes. Elle a huit ans déjà, le temps passe.

En décembre 2008 j'ai annoncé à un journaliste de *L'Équipe* que j'arrêtais fin 2009. Après mon dernier match au tournoi de Melbourne en janvier, j'ai encore une fois douté tellement j'avais eu de plaisir. Mais à l'heure où j'écris ces lignes, deux mois avant la date fatidique, je pense vraiment avoir pris la bonne décision, je me sens libéré. Je joue mon 69e grand chelem cette année, ce qui me permet de battre le record d'Agassi qui était de 61, et je viens de participer à mon 20e Roland-Garros.

Par chance, le dernier tournoi de l'année se déroule sur le sol français et sur une surface qui me convient mieux. C'est à Bercy que je vais terminer ma carrière.

J'ai l'intention de m'entraîner sérieusement pour offrir au public un dernier beau match. À l'approche de mes trente-sept ans, je terminerai ici ma trentième année de tennis. Quel sera mon état d'esprit dans les heures précédentes ? De la joie, de la tristesse, de la mélancolie ou un sentiment de libération ? Toutes ces émotions mêlées sans doute. La veille j'aurai mal dormi, je me réveillerai un peu inquiet, je sentirai cette boule dans le ventre qui me rappellera le stress de mes premières années. Début novembre 2009 à Bercy, je redeviendrai l'adolescent qui avait peur de décevoir.

À DEMAIN

Toujours la même question dans la bouche de journalistes, d'inconnus que je croise dans la rue, ou même de mes proches : « Que vas-tu faire maintenant ? » Je bafouille quelques banalités qui masquent mal le fait que je ne sais pas. Une situation qui ne me procure aucune inquiétude. Les satisfactions apportées par mon métier en ont souvent caché les frustrations. La dernière balle jouée, je vais d'abord rentrer chez moi et apprécier ce nouveau plaisir, rester à la maison sans me soucier du prochain départ.

J'ai des projets et des désirs, qui ne sont pas encore concrétisés, mais je ne veux pas prendre de décisions alors que je suis encore joueur. Ce qui ne m'empêche pas d'écouter les conseils et les diverses propositions. Quelle que soit ma reconversion, même si je n'ai pas fait de longues études, je sais que mon parcours m'a donné une expérience unique. J'ai su organiser la gestion de ma carrière et cette qualité me permettra de mener d'autres projets à bien. Quoi que je fasse, j'aurai des étapes à franchir avec des hauts, des bas, des échecs et j'ai appris à surmonter toutes ces difficultés, à savoir quand il faut marquer le pas ou repartir. Une carrière de sportif est une véritable école de la vie qui apprend à affronter toutes les situations possibles.

Je n'ai jamais eu de patron, j'ai toujours été seul maître à bord de ma carrière. Est-ce que je dépendrai d'un chef dans cette deuxième vie ? Pourquoi pas. Je suis prêt à apprendre des autres. Quand Alexandre Bompard m'a proposé d'être chroniqueur sur Europe 1, je n'ai pas hésité. J'ai toujours aimé la radio, sa réactivité et sa créativité. Je touche pour la première fois à un autre métier que le tennis et je prends beaucoup de plaisir à analyser les matchs des autres.

Pas question d'arrêter totalement mon sport. Je n'ai pas peur de vieillir, j'ai peur de grossir. L'outil de travail du sportif de haut niveau est son corps. J'ai l'habitude de me sentir athlétique et je ne veux pas devenir un père de famille bedonnant. L'addition de l'âge et de l'activité sportive réduite va apporter des changements à mon corps. Ne serait-ce que pour me maintenir en forme, je ne lâcherai pas le tennis. J'ai bien l'intention de participer à des exhibitions. Peut-être pourrais-je me faire accepter dans le Senior Tour aux côtés de McEnroe, Edberg, Courier et, bientôt, Sampras et Agassi ? Je serais fier de jouer avec ces légendes du tennis qui m'ont tellement fait rêver.

J'ai fait un métier fabuleux où j'ai été applaudi, mais mon équilibre n'en dépend pas. Bien sûr se faire mal sur un terrain est une sensation merveilleuse, soulever un trophée est un grand moment de joie, mais pouvoir organiser ses vacances en famille, planifier des concerts avec des amis et dîner au restaurant en évitant les pâtes, ça doit être bien aussi. En fait j'ai envie de quelque chose que je ne connais pas, une vie normale.

Je ne crains pas de retomber dans l'anonymat, j'ai gardé les pieds sur terre. Je suis content lorsqu'on me reconnaît dans la rue, avec un mot sympa sur ma carrière, mais je ne me sens pas exister dans le regard des autres. Mon entourage restera le même. Mes amis de vingt ans seront toujours à mes côtés. Ce sont eux qui m'apportent ma stabilité.

Lorsqu'un joueur arrête à vingt-huit ans, il peut toujours se dire : « Si ça me manque trop, dans deux ans je reviens. » À mon âge, je tire le rideau et je sais que je ne l'ouvrirai plus jamais. C'est un grand saut dans le vide, mais je n'ai pas peur. Je mets un terme à ma carrière sans regrets, impatient de voir à quoi ressemble la vie après.

REMERCIEMENTS

Merci à ma grande sœur Sabine, qui m'a toujours soutenu. Jamais elle ne m'en a voulu d'avoir accaparé les regards, et, parfois, perturbé la vie de famille.

Merci à tous les entraîneurs et les préparateurs physiques (dont Jacques Vincileoni, Patrice Beust, François Duport et Jérôme Prigent) qui m'ont aidé dans ma carrière et que je n'ai pas pu citer. Depuis mes six ans, la liste est trop longue, chacun a joué un rôle dans mon parcours.

Merci enfin à ceux qui m'ont permis de faire ce livre, Arnaud qui m'a fait confiance et Marie qui m'a mis entre de bonnes mains.

PALMARÈS

En simple

Vainqueur (6)

2008 : Newport
2007 : Newport
2002 : Dubaï
2000 : Doha
1999 : Marseille
1997 : Lyon

Finales (6)

2001 : Halle
1999 : Copenhague
1998 : Doha
1994 : Kitzbühel
1993 : Dubaï
1990 : Toulouse

Grand chelem

Australie (17)
Meilleure performance en 2006 (quart de finale)

Roland-Garros (20)
Meilleures performances en 1991 et 2001 (8e de finale)

Wimbledon (14)
Meilleure performance en 2001 (16e de finale)

US Open (18)
Meilleures performances en 1990, 1998, 1999 et 2004 (16e de finale)

Meilleur classement ATP : 17e (6 août 2001)

Fabrice Santoro détient le record de participation à des tournois du grand Chelem : 69

Coupe Davis

Vainqueur en 1991 et 2001
Finaliste en 1999 et 2002

Fabrice Santoro compte 17 sélections avec un bilan de : 15 victoires pour 11 défaites en simple ; 9 victoires pour 5 défaites en double.

En double

Titres (21)

2007 : Dubaï et de Rome (avec Nenad Zimonjic)
2006 : Sydney, Halle et Moscou (avec Nenad Zimonjic) ainsi que Metz (avec Richard Gasquet)
2005 : Rome, Metz et Lyon (avec Michaël Llodra)
2004 : Auckland et Dubaï (avec Mahesh Bhupathi)
2003 : Marseille (avec Sébastien Grosjean)
2002 : Paris-Bercy (avec Nicolas Escudé)
2001 : Marseille (avec Julien Boutter)
2000 : Toulouse (avec Julien Boutter)
1999 : Long Island (avec Olivier Delaître)
1998 : Stuttgart, Toulouse, Bâle et Lyon (avec Olivier Delaître)
1995 : Palerme (avec Alex Corretja)

Finales (14)

2007 : Halle
2006 : Monte Carlo, Paris-Bercy
2005 : Dubaï, Hambourg
2003 : Monte Carlo, Rome, Metz, Paris-Bercy
1998 : Doha, Cincinnati
1997 : Marseille, Lyon, Moscou

Grand Chelem

Vainqueur (2)
Open d'Australie en 2003 avec Michaël Llodra
Open d'Australie en 2004 avec Michaël Llodra

Finales (3)
Roland-Garros en 2004 avec Michaël Llodra
Open d'Australie en 2002 avec Michaël Llodra
Wimbledon en 2006 avec Nenad Zimonjic

Masters

Vainqueur (1)
Shanghaï en 2005 avec Michaël Llodra

Finale (1)
Houston en 2003 avec Michaël Llodra

Par ailleurs…

Meilleur classement ATP : 6e (5 juillet 1999)
Vainqueur en mixte à Roland-Garros en 2004 avec Daniela Hantuchova.

Chez les jeunes

1982 : champion de France par équipe ligue Côte d'Azur
1984 : champion de France benjamins
1986 : champion de France minimes
1988 : champion de France cadets et champion du monde cadets

Pyramide de classement français

1982	30/1
1983	15/4
1984	15/3
1985	15
1986	4/6
1987	1/6
1988	-4/6
1989	nº 29
1990	nº 11
1991	nº 5
1992	nº 2
1993	nº 5
1994	nº 5
1995	nº 4
1996	nº 5
1997	nº 10
1998	nº 2
1999	nº 2
2000	nº 4
2001	nº 4
2002	nº 3
2003	nº 4
2004	nº 4
2005	nº 2
2006	nº 8
2007	nº 6
2008	nº 4
2009	nº 9

Table des matières

Pour l'éditeur, le principe est d'utiliser des papiers composés de fibres naturelles, renouvelables, recyclables et fabriquées à partir de bois issus de forêts qui adoptent un système d'aménagement durable.

En outre, l'éditeur attend de ses fournisseurs de papier qu'ils s'inscrivent dans une démarche de certification environnementale reconnue.

Ce volume a été composé par Facompo (Lisieux)

Impression réalisée par
CPI BRODARD ET TAUPIN
La Flèche pour le compte des Éditions Hachette Littératures
en décembre 2009

Imprimé en France
Dépôt légal : décembre 2009
N° d'édition : 02 – N° d'impression : 55897